JN072068
「……して、ください」

考えるよりも先に、そう口に出していた。

「お願い……一人じゃ、できないっ……」

「瑤……」

やっと、やっとこっちを見てくれたカイの瞳は、劣情で潤んでいた。

若葉さん家の箱入りオメガ

市川紗弓

24226

角川ルビー文庫

目次

口絵・本文イラスト／麻々原絵里依

十三年前。

はじめて舞台に上がったときの感覚は、今も鮮明に思い出すことができる。

スポットライトの眩しさと、床板を踏みしめたときの音と感触。そして——全身に注がれる、客席からの視線。

ここにいる皆が「ぼく」を見ている——そう思うと心臓が跳ねて、「うわっ！」と叫びたくなるくらい身体が熱くなった。

緊張も不安もすべてがいっぺんに消し飛んでいく。恐れるものなど何もない、たとえるなら、ゲームの無敵状態だ。

一生懸命覚えた台詞が、自然と出てくる。稽古で何度も確認した立ち位置に、身体が勝手に動いていく。会話をすれば呼吸は、ぴったりと重なった。

役を演じるのではなく、別人として「生きる」。思い返してみればあの瞬間、確かに舞台で別の人生を生きていたのだと思う。

ふと。気づいたら空気が震えるほど大きな拍手の音がした。客席の灯りが点くと虚構の世界のベールが剝がれ、現実がゆっくり重なってくる。

座長に差し出された手を握り、万歳のポーズをして拍手に応えた。やり遂げたという達成感で、心臓はずっと騒いでいる。

お芝居ってすごい。なんだってできるし、誰にでもなれる。自分ならそれができる。そう心から信じられた。

……でも。

無敵状態はそこで終わりだった。

『――どうした、ユーリ。……ユーリ？』

ステージを降りた途端、ぐらりと視界が揺れた。猛烈な寒気と頭がぼうっとするほどの熱さで、とても立っていられない。

『すごい熱……しっかりしろユーリ、ユーリ！　誰か早く、救急車を……！』

カンパニーの皆が必死で声をかけてくれる。けれど、一度も返事ができずに目を閉じた。

ユーリ、ユーリくん……瑤、瑤ちゃん、お願い起きて――と、いつしかその呼び声と一緒に、「ぼく」の名前も変わる。

次に見たのは、白い天井だった。横にいたのはカンパニーの皆ではなく――、

『おかあ……さん？』

『あぁ瑤、よかった……』

お母さんは涙ぐんで、「ぼく」の頭を撫でた。その隣にいたお父さんがあわてて、コードのついたボタンを押している。

『ここ……どこ？』

『病院よ。でも大丈夫、何も心配ないわ』

お母さんはそう言って微笑んだけど、全然大丈夫なんかじゃなかった。

ここにはセットも照明もないし、カンパニーの皆も誰もいない。白衣を着た人が入れ替わり立ち替わりやってきて、気の毒そうな目で「ぼく」を見る。

もうひとつの人生は消えてしまった。

皆で創り上げた世界は、もうどこにもない……。

一

「あっつ……」

期末試験を終えて一号校舎から出ると、むわりとした熱気に全身を包まれた。頭上には正午過ぎの太陽が輝いて、じりじりと肌に照りつけてくる。

リュックを探ってスマホを出し、電源を入れると気温は三十七度。数字を見ているだけで、熱中症になりそうな気がした。秒で焼けるー、と騒ぎながら日傘を取り出す女子たちと違って、日焼けに気を遣うこともない身となったこちらは、そんな気の利いたものを持っていない。

児童文学作品が原作の舞台、『風花物語』の上演から十三年後——。

物語の鍵を握る人気キャラクターを演じた子役は今、都内の私立大学に通うごく普通の男子大学生、若葉瑤となっていた。当時の名残をかろうじて留めているのは、どこか少年っぽさの抜けきらない、黒目黒髪の容姿くらいかもしれない。

舞台で全力を出しきったあの日。突然の高熱で入院して舞台は降板。そのまま芸能界引退を余儀なくされたのである。

原因は病気ではなく、〈オメガ〉の早期覚醒だった。

オメガというのは十代前半に確定する第二の性別のひとつであり、ほかに〈アルファ〉と〈ベータ〉が存在する。十四歳になる年に一斉検査が行われるのだが、検査以前にその特性が現れることを、早期覚醒と呼んだ。

人口の大半を占めるのは、これといって特性のないベータだ。

次いで多いのがアルファで、生まれながらのリーダー気質と、高い学力・運動能力を持つ。さらに秀でた容姿と特別なオーラに加えて、人心を掌握するカリスマをも持ち合わせていた。

最も少ないのがオメガである。その特色は男女を問わず妊娠できるという高い生殖機能と、一定の周期で訪れる〈発情期〉にあった。十八歳前後になると特殊なフェロモンを発し、アルファやベータを誘うのだ。

親きょうだいなど、血縁関係のある近親者は反応しないという例外はあれど、大抵はフェロモンの催淫作用に抗えず、本能の赴くまま性行為を行う。その激しさは時に「淫獣」と蔑まれ、偏見や差別の要因となっていた。

早期覚醒オメガは身体が未成熟なので、ヒートではなく〈発熱〉という症状が現れる。瑤が舞台直後に苦しめられた高熱は、この症状である。

中学に上がる頃になってようやく落ち着いてきたが、それまではたびたび学校を休んでおり、当然芸能活動など続けられる状態ではなかった。

「十二時半か……。学食だな」

スマホに表示された時刻を見て、三号校舎へ足を向ける。このあとのバイトに備えて、昼食を済ませるつもりだった。

瑤の通う大学は都心のど真ん中にありながら、緑に恵まれた贅沢なキャンパスである。青々と生い茂る銀杏の木陰から木陰を渡り歩き、三号校舎に入って地下食堂へと続く階段を降りた。年季の入った建物なので空調設備は最新とは言えないが、階段を一段降りて地上から遠ざかるたびに、体感温度が下がっていく心地がする。

試験期間中の食堂内はいつもより空いていた。定番の豚バラカレーでがっつりいくか、期間限定の冷やし中華か……としばし迷って、冷やし中華を選ぶ。

誰もいないテーブルに席を取り、「いただきます」と手を合わせた。

具だくさんの冷やし中華は食べごたえがあり、この時季になるといつも頼んでしまう。錦糸卵に細切りチャーシュー、きゅうりとカニカマがたっぷりのって彩りもよく、甘酸っぱいタレが卵麺によく絡んでとてもおいしい。

お腹いっぱいになったところで、スマホがメッセージの着信を告げた。

発信元は、長兄の歩だ。

【試験お疲れさま。今日はみんなでお疲れさま会しような。何食べたい？】

試験が終わっただけで大げさなとは言うなかれ。

若葉家は仲のいい四人兄弟なのだ。「四人姉妹なら若草物語だったのにね」なんて、時に「惜しかったね」と同じトーンで言われることもあるが、男しかいない。

ただ、第二の性別となると話が変わる。

長兄も次兄も弟もアルファで、三番目の瑶だけがオメガなのだ。

幼少期に発熱をくり返していた瑶は、兄たちにそれはそれは過保護に育てられた。彼らにとって自分はいつまで経っても「虚弱な弟」なのだろう。同年代とさほど変わらない生活を送っている現在も、過保護な扱いは続いている。はっきり言ってブラコンだった。

飲み会には毎回迎えにくるし、門限は夜八時だ。二次会もオールも経験したことがない。これでも飲み会に乱入してこないだけ、一年生のときよりましになったと言えるだろう。サークルの新歓中「偶然だな」と店を訪れ、活動内容からサークル内恋愛の有無まで根掘り葉掘り訊いていた頃よりは。

最初のうちは先輩から面白がられたし、女子たちからは歓迎さえされていた。二人の兄は、どちらも顔がすごくいい。

しかしながら物には限度というものがある。常に保護者付きの瑶が「ブラコン」「箱入り」「門限八時はやばくない?」と引かれるまでそう時間はかからなかった。

すべて瑶のためを思っての行動だ、ということはわかっている。昔は時と場所を選ばず熱を出しては、ふらふらと倒れていたのだから。

ただ、今の兄たちが真に警戒しているのは、発熱ではなく〈発情〉のほうだろう。

発情抑制剤――読んで字のごとく、発情を抑える薬だ――を常用している瑶は、まだ一度も発情したことがない。だが薬を飲んでいても、発情リスクはゼロではなかった。

もしも酔いつぶれて薬の効果が薄れ、その間に発情してしまったら？　悪意ある者に、発情を誘発する薬を盛られたら？　……と、不安要素を挙げるときりがない。

兄たちが過保護なのは、瑤がオメガだから――それを考えると自分が一人前ではないようで、どうしようもなく情けなかった。

オメガであることは変えられない。だけど、守られるだけの自分ではいたくない。

そんな思いで大学三年生になった今年、就職活動を始めた。周りに触発されて、サマーインターンに応募したのである。

……しかし、現実は厳しかった。

難関私大のひとつに数えられる大学の名前と、見様見真似で埋めたエントリーシートの力で書類選考だけは通過するのだが、そのあとの面接がさっぱりうまくいかないのだ。

『自己分析、やってます？』

大学の就職相談課では、まずそう尋ねられた。過去の出来事を振り返ることで自分の価値観や長所を知り、この先どんなふうに働きたいかという指針を見つける作業である。

就活に自己分析は欠かせない。頭ではそう理解しているのだが、本音を言うとこれが苦痛で仕方なかった。自分の核はオメガという性別と不可分だということを、嫌というほど思い知らされるからだ。

これまでの人生で、最も心を揺さぶられたこと。いちばん頑張ったと、胸を張れる経験。

もし瑶がアルファやベータだったら、どちらも迷わず「芝居」と答えただろう。そんなこと、自分史を書くまでもなくわかりきっている。

考えてみればすごく本末転倒な話だった。オメガでも自立したいと思って始めた就活なのに、結局オメガであることに囚われてうまくいかないなんて。

未練があるのだ、俳優という仕事に。だから行きたい企業どころか、志望業界すら決められない。いくら売り手市場とはいえ就活は甘くなく、モチベーションの高い学生が殺到する人気企業のインターン選考で、こんな中途半端な学生が勝ち残れるわけがなかった。

俳優になりたい。テレビや映画や舞台で、もう一度芝居がしたい。

けれど夢に手を伸ばそうとすると、冷静な自分が耳元でささやいてくる。

あんなに大勢の人に迷惑かけたくせに、戻りたいなんて虫がよすぎないか――と。

瑶が『風花物語』で演じた役はダブルキャスト体制だったので、公演中止という最悪の事態を免れることができたのは、不幸中の幸いだった。表向きの降板理由は「急病のため」とされ、瑶のプライバシーが暴かれることもなかった。

それでもカンパニーの皆や、数多いる関係者にどれほど迷惑をかけたかと思うと、罪悪感で押し潰されてしまいそうになる。

それに当時は発熱で済んだが、身体が成熟した今は〈発情〉の危険性があるのだ。万が一、仕事の途中でヒートが来たら――なんて、考えただけで怖くてたまらなかった。

再挑戦する勇気も出ないのに、未練を捨てるだけの潔さもない。

だから大学に進学するときも、芸術としての演劇や映像を学ぶ学科を選んだ。演技そのものを学ぶ学科に進む勇気はなかったくせに、少しでも芸能の世界と関わっていたくて。

——中途半端だって、自分でもわかってる……。

うわべだけ取り繕ったエントリーシートを書いて。無理やりひねりだした志望動機を、面接でそれっぽく話して。そんなことをしても、なんの意味もないのに。

「——……あ。返信しないと」

スマホ片手にネガティブループに入っている場合ではない。兄からの連絡をスルーしたら、心配されて電話がかかってきてしまう。

【肉がいーな】

【あとは、冷やし中華以外！】

画面に指を滑らせてそう返すと、トレーを持って立ち上がった。

瑤のバイト先は、オメガ児童保護施設の「カルミアハウス」という。保護者のいない十代の青少年オメガが、集団生活を送っている施設である。

現在の入所者は十二人。六人ずつに分かれて、グループケアを行っている。

最も多いのは一斉検査でオメガと判定され、一般の施設から移ってくる子供たちだ。オメガがアルファやベータに交じって共同生活を送るのは、ヒートのことを考慮すると極めて困難なためである。

一方で、両親が揃った家庭出身の子もいた。オメガと判定された我が子を受け入れられず、虐待やネグレクトに走る親も存在するのだ。

瑤はここで雑用全般をしながら、子供たちの面倒を見るのが仕事である。

基本的に自分のことは自分でできる年齢の子たちなので、業務内容としては家庭教師に近いかもしれない。宿題を見たり一緒に遊んだりしながら、学校生活の相談に乗ることもある。

オメガを預かる施設という性質上、職員は女性のベータとオメガしかおらず、男性オメガである瑤は数少ない男手でもあった。身長一七二センチと平均的ではあるものの生まれつき細身で、お世辞にも頼りになるとは言えない体格なのだが、力仕事は率先してやるようにしている。

「こんにちはー、お疲れさまです」

「ああ、瑤くんお疲れさまー。暑かったでしょう、入って入って」

ニコニコと笑って迎えてくれたのは、カルミアハウス施設長の江見靖子だ。歳は五十代前半、ハンサムショートの似合う小柄な女性で、常に笑顔を絶やさない。

「試験、今日までだったわね？　お疲れさま」

「ありがとうございます。試験といっても一、二年に比べたら、楽でしたけどね」

「明日から夏休みか。いいなぁ、学生さんは」

「へへ。まあ、今年は就活の準備しなきゃいけないんですけど」

「えっ、ついこないだ入学したと思ったのに、もう？」

「そうなんですよー。あ、でもバイトはきっちりやるんで、よろしくお願いしますね」

「当然、戦力にカウントさせてもらってますとも。今年はサマーキャンプがあるしね」

サマーキャンプは「イングリッシュ・サマーキャンプ」とも言い、平たく言えば英語合宿である。一週間ほど避暑地の宿泊施設に滞在し、スポーツ、アート、サイエンス、ミュージックなど、子供たちの興味関心に合わせたアクティビティを通じて英語を学ぶ。

各アクティビティの講師は一流どころを揃えており、子供たちにとっていい経験になるのは間違いない。もし外部で同等のプログラムが開催されたら、かなりの参加費用がかかるだろう。ハウス初のこの試みを成功させようと、江見施設長も気合い充分だ。

「ちょうどよかった。サマーキャンプといえばね、瑤くんに紹介したい人がいるの」

「オレに？」

「そう。サマーキャンプの発案者……というか、うちにとってなくてはならない方が、さっき到着したばかりでね」

ついてきて、と言われて一緒に応接室へと向かう。ドアを開けた江見に続いて室内に入ると、ソファに座っていたスーツ姿の男性が静かに立ち上がった。

オレより十二、三センチは身長高いな——なんて思った、その刹那。

「——っ……」

無意識のうちに一瞬、息を止めていた。呼吸するのさえ忘れるほど、その人に目を奪われていたのだ。

——外国人……？

気高く、怜悧な印象を与える白皙。きれいに撫でつけられたブルネットの髪。秀でた額には少し、前髪がかかっている。

欧米系と思しき彫りの深い顔立ちだが、そのまなざしは凛と涼やかに澄んでいた。光の入り方で色の移ろうヘーゼルアイは、作り物のように美しい。

カリスマを感じさせる美貌と、生まれながらに人を心酔させ、従わせる器量を示すオーラ。どちらも間違いなくアルファのものだと断言できた。

——あ、今……。

ヘーゼルの瞳と目が合った。瞬間、感電したのかと錯覚するほど痺れが走り、ぞくぞくっと全身が震える。

空調が効きすぎているわけでもないのに、どうして——。

「……彼もハウスの入所者ですか？」

美しい低音で紡がれたのは、流暢な日本語だった。

「いえ、この子は違うんです。大学生バイトの、若葉瑶くんですよ」

「大学生……」

見えないな、とでも言いたげな呟き方だった。日本人は若く見えるというのを差し引いても、顔立ちの幼さに驚いたのだろう。高校生くらいに見られることには慣れている。

「瑶くん、こちらはイギリスからいらした、カイ・アンブローズさん。以前からうちの支援をしてくださっている方よ。名前は知ってるでしょ？」

「え？　あ――……は、はい」

江見施設長に話を振られ、あわてて記憶を掘り起こす。

英国に強力な支援者がいるという話は、以前聞いたことがあった。たしかオメガの教育や、就業支援を行う企業の代表だったはずだ。

うろ覚えではあるが、日本に縁がある人だとも言っていた気がする。なるほど、だから日本語も堪能なのだろう。

「はじめし――、っ、はじめまして。若葉です」

――うわ、噛んだ……恥ずっ。

人見知りというわけではないのに、初手でミスってしまって焦る。なんだか急に喉が渇いたみたいで、うまく声が出てこない。家族以外のアルファと会う機会はそうそうないので、柄にもなく緊張しているのかもしれなかった。

ヒートを迎えていない瑤は、医学的には未成熟のオメガだ。それでもアルファに対峙すると、身体に変化が出ることがある。動悸が速くなったり寒気がしたり、逆に身体が熱くなって汗をかいたりと、風邪に似た症状が多い。

不快とまでは言えないが、なんだか落ち着かなかった。

「ああ……よろしく」

カイの挨拶は実にそっけないものだった。相手は単なるバイト、しかも入所者と勘違いするくらいだから、まるきり子供に見えたのだろう。

「瑤くんは今回のサマーキャンプの準備も、積極的に手伝ってくれているんですよ。いい機会だからぜひ、紹介しておきたくて」

「そうでしたか」

江見施設長の言葉は嬉しかったが、如何せん氏にとってはどうでもいいようで、返ってきたのはお義理程度の相槌だけだった。

ソファに置いたブリーフケースを開け、一通の封筒を取り出して施設長に手渡す。

「カイさん、これは？」

「私が日本で世話になっている、ドクターからの手紙です。忘れないうちにお渡ししたほうがいいかと思って」

「お医者さまの手紙って……診断書か何かかしら」

「抑制剤を打ってきたという証明書です。こちらに伺うにあたり、必要なことなので」

抑制剤と言えば通常は「発情抑制剤」を指す。だが氏が打った抑制剤は話の文脈から察するに、アルファ用の「性衝動抑制剤」のほうだろう。

アルファはベータよりずっと、オメガのフェロモンに敏感らしい。媚香にあてられたが最後、本能に抗うことは極めて難しいとされている。しかし前もってこれを使用しておくと、性欲を鎮めることができるというのだ。

「まあ……」

これには江見施設長も驚いていた。世間では「オメガが自衛すべきだ」という風潮が強く、自発的に対策をするアルファはとても珍しい。不慮の発情によって意図せず性交が為されても、「オメガに誘われた」とアルファが言えば、問題にならないことがほとんどだからだ。

――変わった人もいるんだな……。

もちろん瑤もびっくりした。アルファは若いうちから特別視されて育ち、成長すれば社会的地位の高い職業に就く。ゆえに、傲慢になりがちだと言われていた。

さっきから氏が愛想のない態度でいるのも、生来そういう性格なんだろうと思っていたので、予想外の行動としか言いようがない。

「ご配慮に感謝いたします。子供たちにも、私たち職員にとっても、何よりのお土産です」

「だといいのですが――」

言いながら、なぜかカイがちら、と瑤に流し目をくれた。

オメガはアルファと違ってオーラもなく、発情未経験だからフェロモンも出ていない（はずである）。特に意味のない行動なのだろうが、なんとなくこそばゆくなる。あまり見慣れない瞳の色をしているからだろうか。

「――施設長。オレそろそろ行きますね」

「ええ。ありがとう、瑤くん」

瑤は失礼しますと頭を下げると、視線から逃げるように退室した。

バイトを終えて帰宅すると、玄関からもういい匂いがした。

「瑤くんおかえりー」

飼い主の帰還を嗅ぎつけた大型犬のようにやってきたのは、弟の丞だ。三つ下の高校三年生だが、瑤はすでに身長を追い抜かされている。

「丞、また身長伸びてない？」

「え？　そう？」

「絶対伸びたって。一八〇はいったな」

もともとスタイルがいいのだろう、丞はどんな服も――可愛いゆるキャラのパーカーや、目がチカチカしそうな派手な柄物まで――さらりと着こなしてしまう。今は五分袖のTシャツとスウェットパンツというシンプルな格好なのに、ルームウェアのモデルのように見えた。

兄弟で唯一母親寄りの目鼻立ちをした塩顔イケメンで、通学中はよく女子に声をかけられるというのもうなずける。

「んー、いい匂い。キッシュ焼いてる？」

「うん。メインはローストビーフだよ。デザートは僕が作ったブラマンジェ」

「お、やったー」

好物の並ぶテーブルを想像した途端、ぐぅ、とお腹が鳴る。手洗いとうがいを済ませてダイニングに行くと、アイランドキッチンにはエプロンをつけた歩の姿があった。

「おかえり、瑤。ちょうどよかった、もうできるよ」

フライ返し片手に微笑む長兄は、瑤より九つ年上だ。その笑顔はカメラアプリのエフェクトをかけたかのごとく、キラキラと輝いている。睫毛の長いアーモンドアイが印象的な顔立ちは、少女漫画の相手役さながらの秀麗さだった。

「手伝うよ」

「ありがとう。じゃあお皿並べて」

ランチョンマットを四枚敷いて、テーブルセッティングを整える。両親が海外赴任中の若葉家は現在、兄弟四人暮らしなのだ。

お皿とカトラリーを並べていると、ビニール袋をガサガサ言わせながら、次兄の善も帰ってきた。

「レモン買ってきたぞー……と、瑤。もう帰ってたのか」

「うん。おかえり、善兄」

大手出版社の映像事業部に勤めている善は、六つ上である。映画関係の業務についており、帰りが真夜中になることもままあるのだが、今日は早々に仕事を切り上げてきてくれたらしい。

「ただいま。今日暑かっただろ？　熱中症になってねぇか？」

「平気、ちゃんと水分も摂ってたし」

「塩分は？」

「塩飴舐めた」

「よし。……試験お疲れ。頑張ったな」

言って、大きな手のひらに頭をがしがしと撫でられる。野性味のある見た目といちばんギャップが大きいのが、この二番目の兄かもしれない。周りからは「柄は悪いが顔はいい」とか、「名前に反して悪人顔」とかさんざん言われようだが、兄弟の中で最も心配性だった。

「じゃあ、そろそろ食べようか」

歩が仕切り、皆で席に着く。歩はワイン、善はビール、瑤と丞はレモンを絞った炭酸水で、祝いの席のように乾杯した。

「瑤、試験お疲れさま！」

「ありがとー。いただきます！」

メインディッシュはローストビーフ。柔らかな牛肉に、肉汁を使って仕上げたコクのある赤ワインソースがよく合って、最高においしい。歩の十八番・きのこのキッシュは、今日も生地が感動的にサクサクだ。かぶの風味を生かした冷製ポタージュも、後味すっきりでいくらでも飲めてしまう。ここに新鮮なグリーンサラダがつくのだから、ちょっとしたパーティーだ。

料理上手の歩をはじめとして、若葉家の男子は全員キッチンに立つ。

善は身体に優しいメニューが得意で、特に雑炊や汁物のレパートリーが豊富だった。体調を崩したり熱が出たときは、善が作ってくれるご飯にかぎる。

丞は料理よりもお菓子作りのほうが好きだという。曰く、

『だって瑤くんの好きな料理は、歩兄と善兄が作っちゃうでしょ』

ということらしい。まるで実験のように緻密な計量のもと、スポンジもパイもマカロンも、完璧に焼き上げるのだ。

「瑤、夏休みの予定は決まってるのか？」

サラダを取り分けながら、歩が穏やかな声で尋ねた。

「バイトくらいかな。あとは業界研究とか、就活に本腰入れないと」

「……ということはやっぱり、うちを受ける気はないんだな？」

「うん。……ごめん」

うち、というのは若葉家の一族が経営する製薬会社、〈若葉薬品〉のことである。

現在は瑤の祖父が会長を、伯父が社長を務めており、父はヨーロッパ地域の統括拠点となるイギリスの会社で社長の座にあるという、ゴリゴリのオーナー企業だ。ちなみに歩は三十歳の若さで専務の任にある。

長年薬に頼っている身だということもあって、製薬業界に興味がないわけではない。けれど心が自立していないまま家族と働くのは、どこか違うような気がしてならなかった。

「就職したいっていう意志は変わらないのか？」

「う、うん。受かればだけど」

「そうか……」

歩の声にわずかなため息が混じる。瑤の苦戦ぶりを案じているというのではなく、本心では就活に反対しているからこそ出たため息だった。

歩は瑤に「安全な道を歩いてほしい」と願っている。それは勝手知ったる若葉薬品への就職か、結婚の二択なのだ。

オメガは若いうちに結婚するのがよい。さらには〈番〉になるのが最良、というのが世間に浸透した価値観である。番とはアルファとオメガの間で結ばれる特別な絆で、アルファがオメガの首筋を噛むという行為で成立する。首筋を噛まれたオメガはフェロモンが変質し、番になったアルファ以外を引き寄せなくなるのだ。

こういった価値観の根底には、「オメガは繁殖に特化した性」であり、そのほうが「オメガ自身も幸せになれる」という人々の認識があった。

ヒート中は日常生活でさえ困難になるオメガは、就職先を探すのも一筋縄ではいかない。抑制剤を利用すればオメガ性を隠して働けるが、薬の効果は絶対ではない上に副作用の問題もある。また、本能を抑え込むことは身体に大変な負荷がかかるので、抑制剤を常用する者であっても長期休暇などを利用し、発散させる機会を作らなくてはならなかった。

このためオメガ性に理解のある職場、もしくはある程度自由の利く職場であることが、就職先の絶対条件と言えるのである。万が一ブラック企業に入ってしまったら、いろいろな意味でやっていけないだろう。

「まぁ焦らなくてもいいじゃねぇか。言っとくけどくれぐれも先走って、変な見合い話なんて持ってくるなよ、歩」

「うーん……」

善に険しいまなざしを向けられ、歩は言葉を濁して曖昧に笑う。この様子では瑤が就職浪人なんてしようものなら、すぐさま縁談を持ってくるだろう。

「いいか、瑤。おれは就職に賛成だ。けどな、結婚は一生しなくていいぞ」

と、善は真逆のことを言う。瑤から言わせれば、二人とも極端なのだ。

「あのさ。今のバイト先に就職する、っていう案はないの？」

二切れ目のキッシュを取りつつ、丞がそんなことを言う。

「あそこなら環境的にも安全だし。ずーっとずーっと、うちから通えるよね？」

「う……」

奥二重の瞳がじぃ、っと瑶を見つめてくる。年下なので過保護というのとは少し違うが、丞もまた瑶にべったりのブラコンだった。

ただ、これは瑶にも責任がある。兄二人からはさんざん甘やかされてきたが、瑶もはじめてできた弟が可愛くて可愛くて、同じくらい甘やかしてきたのだ。

成長しても特別親しい友達を作らず（これは人のことは言えないが）、さらには進学先まで歩と同じにしようとするので（本人はもっと上を狙えるのに！）、近頃さすがに後ろめたさを覚えることもあった。まるで雛鳥の刷り込みである。

「……まあそれもアリっちゃアリか。アルファがいないっつーのは、安心だよな」

末っ子の提案に対して、善がうなずいている。だが、瑶の答えはノーだ。

「ハウスで働くことは考えてなかったよ。……それに、アルファなら今日来たし」

「「「……はっ？」」」

三人の声が見事に重なった。歩は目を丸くし、善は青い顔で取り乱す。

「おっ、おい。そいつ、どこのなんてアルファだ」

「カイ・アンブローズさん。カルミアハウスの支援者だって」

「アンブローズ……」

歩はその名前を聞いて、何か思い出したようだった。

「そういえば前に、江見さんから聞いたことがあったな。出身はたしか……イギリスとか」

「そうそう。日本語はネイティブ並みだったけどね」

言いながら、瑶はアナウンサーのように完璧な発音と、深みのある美声を思い出していた。

「あ……この人じゃない？」

丞が手早くスマホを操作し、「どう？」と画面を見せてくる。そこには髪型や服装こそ若干異なるものの、間違いなく今日会った人の写真が載っていた。

「うん、この人。もしかして有名人？」

「みたい。……『世界の美しきバチェラーたち』だって」

丞が検索で見つけたそのサイトは女性読者をターゲットにしたウェブマガジンで、主に海外のトレンドやファッションを発信しているようだった。各国の王室事情やハリウッドセレブに関する記事も多数掲載されている。

この写真が載っている記事は、美形の実業家バチェラー——つまり独身男性を紹介するカタログ的なものらしく、氏もそのうちの一人として取り上げられていた。

＊

「カイ・アンブローズ。

オーガニック製品の品揃えが豊富なことで有名な、英国の高級スーパーマーケットチェーン・『アンブローズ・マーケット』創業家の次男。

偉大なる実業家の家系に生まれながらも起業の道を選び、現在はエドテック企業・パトリア社の代表として精力的に活動している。

麗しい容姿とスタイルで、元モデルという経歴も納得。毅然としたその横顔には、日本人の祖母――昭和の名女優・叶恵子の面影も。

二十七歳となる今年、日本に拠点を移す模様。英国内ではこれまで浮いた噂のない、ワーカホリックな御曹司は、伴侶を求めての来日かとささやかれている――」

＊

「この男に近づくな、瑤。危険人物だ」

プロフィールを一読するなり、善はきっぱりと言った。

「見ろ。オメガを漁りに来日したって書いてある」

「いや、一言も書いてないし……そもそもこんな記事、ゴシップと変わんないじゃん」

「かばうのか？　このアルファを」

「違うって」

善はアルファが絡んだ途端、一切話が通じなくなる。アルファを見れば「弟の敵」と認定し、誰であっても片っ端から追い払うのだ。

——でもあの人、すごい人だったんだ……。

名前を検索してみるとゴシップ臭の強い記事だけではなく、「新時代を拓く起業家たち」や「若手経営者に聞く」などと題された、ビジネス系メディアのインタビュー記事も出てくる。

ファーストネームは「ウォルター」らしいが、インタビュー記事を見ると、日本ではミドルネームの「カイ」で通しているようだった。

——エドテックか。就活サイトでちらっと見たな、そういえば。

エドテック（EdTech）は、教育（Education）と技術（Technology）を組み合わせた言葉で、テクノロジーを用いて教育を支援する仕組みやサービスなどを指す。

パトリア社で検索すると事業内容には「テクノロジーを活用した、オメガの教育と就業支援」と書かれていた。

カイ・アンブローズは同社の代表で、英語版ウィキには個人ページまである。ざっと読んでみると、カルミアハウス以外にも私財を投じて、オメガ支援に取り組んでいるようだった。

ハウスへの支援内容からして相当な資産家であることは察しがついていたが、想像以上だ。まさかメディアにまで追いかけられる人物とは、思ってもみなかった。

「クソ……まずいな。こんなのヒツジの群れにオオカミを放り込むようなもんだぞ。誰がどう見ても危ねぇだろ」

「そのへんはちゃんとしてるって。江見施設長もいるんだよ」

入所者とオメガ職員の安全を守るため、アルファの出入りはきちんと周知される。そもそもオメガが発情中でさえなければ、アルファと同じ場所にいても問題ないのだ。

ハウスで暮らすオメガはほとんどがヒート未経験だが、試験期間や学校行事にぶつからないよう、副作用の少ない発情抑制剤を服用している。施設内には隔離生活用の部屋もあるので、ヒート経験済みのオメガ対応も万全だ。子供たちは信頼できる大人の指導の下、身体の管理を学び、アルファとの共存に備えている。

もちろん警戒は必要だし、事故があってはならない。

だがアルファとの出会いの芽を摘んだり、世界を狭めたりするようなことはしない。それが江見施設長の方針だった。

子供たちを見ていると、健全に育っているなと思う。自分がオメガであることを受け入れて生きようとする、前向きな子ばかりだ。――瑤とは違って。

ありとあらゆる場面でアルファとの接触を阻まれ、真綿でくるむように育てられてきた我が身を振り返ると、瑤は年長者として恥ずかしい気持ちになる。

　曲がりなりにも就活というものをやってみて、将来を考えたせいだろうか。ヒートを迎えるくらいなら、半人前のままでいい——そう思ってしまう自分を、最近ひどく幼稚に感じるのだ。

「——善、落ち着けよ。江見さんなら心配ないから」

　頭に血が上っている善と違い、歩は落ち着いている。そもそもカルミアハウスを瑤のバイト先に勧めたのも歩で、施設長に対しても絶大な信頼を置いていた。

「瑤。アンブローズさんはおまえがオメガだって知ってるのか？」

「うん、たぶん」

　バイトを上がる直前、施設長から「教えてもいい？」と訊かれたので、瑤は「いいですよ」と答えていた。

　プライバシーに関わるので普段は必要に迫られないかぎり開示しないが、施設の性質上隠すのは難しい。加えて、間違いを防ぐためにも知っておいてほしい、という気持ちもあった。

「そうか。まあ、おまえも薬は飲んでるし大丈夫だとは思うけど、用心はするんだよ」

「うん。……あ、薬といえばこの人、抑制剤打ってたよ」

「えっ、アルファ用の？　……って、当たり前か。珍しい人だな」

「やっぱ驚くよね？　施設長もびっくりしてた」

「ふん。油断させようって腹じゃねぇのか」

疑心暗鬼なことを言うのは善である。

「善兄、ひねくれすぎ。それに、向こうは全然オレに興味ないみたいだったよ」

「は？」

「挨拶しても『よろしく』ってだけだったし。なんか視界に入ってません、って感じ」

だから余計な心配しなくていいよと伝えたかったのだが、善はどういうわけか苛立たしげな声を出した。

「クソッ、そいつの目は節穴か？　おまえに興味がないって、どうかしてるぞ」

「……」

「善、おまえね……」

明後日の方向でキレ始めてしまい、瑤だけではなく歩まで呆れている。が、

「――わかる！」

たった一人、丞だけが全力で賛同した。

「てかその人、普通におかしくない？　瑤くんスルーするとかありえないでしょ」

肌はつやつや、髪はサラサラ。目ヂカラ強いし小顔だし――と、もはやほめ殺しの域で、反応に困ってしまう。弟の欲目というやつだ。

「瑤くんのかっこよさがわかんないなんて、世の中には可哀想な人がいるんだね」

「丞。瑤はどっちかって言うと、『可愛い』だろ？」

「そう？　じゃあ『かっこ可愛い』ってことでいい？」

「おお、それだそれだ。──ま、とにかくできるだけ近づくなよ。んで、なんかあったらすぐ言え」

「う……うん。わかった」

押しに負けてうなずいたが、「近づくな」はさすがに無理がある。一事が万事この調子では、果たして自分が社会人になれるのか、不安は募る一方だった。

一般企業で働くにしても、アルファとの接点は必ずある。リーダー適性のあるアルファは、管理職を務めることも多い。アルファの上司の下で働く機会など、ざらにあるだろう。

──このままじゃだめだってわかってる。ほんとにちゃんと考えないと……。

瑤はもう虚弱な子供ではない。発情未経験ではあるが、健康な成人男子である。取り戻せない過去を嘆いて傷ついて、「自己分析が苦痛」だなんて甘ったれている場合じゃない。

兄の庇護から抜け出して、自立すべき時が来たのだ。

悩みは尽きないが、バイトは忙しかった。

子供たちも学校がないので、食事の回数も洗濯物の量も増えている。瑤がシフトを増やすと、職員たちにありがたがられた。

　夏休み中は子供たちの進路相談に乗ることも多い。彼らにとって、微力ながらも頼れる存在でありたいと思う。だが――。

「今日の瑤くん、元気ないね」

　その日の午後。共有スペースで夏休みの課題を見ていたら、十五歳の女子オメガからそんな指摘をされてしまった。最近横顔が大人っぽくなった、中学三年生の里桜だ。

「えっ……そ、そう？」

「うん。なーんか顔が暗いし、お昼も台所でため息ついてたよ」

「う、ごめん……」

　しっかり者の彼女は観察眼にも優れていた。これではどちらが年下かわからない。

「何かあったの？」

「お、オレの話はいいから。ほら、課題やる」

　えー、集中できなーい、とごねる里桜をスルーして、手元のノートに視線を落とす。英作文を一読し、瑤は思わず目を瞠った。

「……って言う割にはよくできてるじゃん。一学期の成績もよかったし、頑張ってるな」

「へへー。まーね」

　照れる顔は年相応で可愛らしい。お世辞ではなく彼女の英作文は、かなり出来がよかった。

語彙が豊富で文法もミスがなく、減点要素はほぼないと言っていい。

「高校は、明鏡学園女子の英語科志望だよな」

「あ……うん。一応ね」

歯切れの悪さに、あれ、と思った。以前話をしたときは、もっと前向きだったのに。

「入試が不安？」

「それもあるけど……なんか、嫌な話聞いちゃって」

「どんな話？」

「留学プログラムに選ばれるのは、アルファかベータの子だけだ、って」

「……え？」

「ホントかどうかわかんないよ。でも、友達のお姉ちゃんが言ってたって……」

里桜の言う「留学プログラム」とは、長期休暇を利用した語学研修のことを指す。

プログラムに参加するには学内選抜試験があるのだが、同校の高等部に通う友達の姉曰く、必ず選ばれると思われていた優秀な子が、三年連続で選抜から漏れてしまったらしい。

「その子、周りには隠してるけどオメガだって噂があるみたい。だから学校がわざと落としたんじゃないかって話。……留学先でトラブルが起こらないように」

「……」

噂レベルとはいえ、ありえない話じゃないな、と思った。あからさまな差別だが、こういうケースは往々にしてある。問題を事前に回避するためだとか、生徒を守るために必要だとか、もっともらしい理由でオメガが機会を奪われる話は、たびたび耳に入ってくるからだ。

行き先が海外である以上、慎重になるのもわかる。国によってオメガに対する扱いは異なり、日本とは比較にならないほど、差別の激しい国もあると聞く。

日数の限られた修学旅行などの場合ならともかく、短期とはいえ単独行動も多くなるであろう留学中に、教師が四六時中監視の目を光らせるのは難しいだろう。

――「そんなのデマだよ」って、否定できないのがつらい……。

里桜が明鏡学園女子を志望する理由は、留学プログラムに参加したいからだ。彼女には英語を使った仕事をしたい、という夢がある。

高校受験はその夢への第一歩だ。瑶も一人のオメガとして、里桜の夢を応援したい。

「……わかった。里桜、ちょっと時間くれる？　オレもいろいろ調べてみるから」

「調べるって……噂を？」

「ううん。そっちじゃなくて、里桜が確実に留学する方法。よく考えたら、学外のプログラムを使うっていう手もあるなと思って」

言うと、里桜ははっとした顔になる。「……そっか。そうだよね」

「志望校っていう目標を持つのはいいけど、不安のほうが大きくなったら本末転倒だからさ。せっかく成績も調子いいんだし、里桜は勉強に集中したほうがいい」

明鏡学園女子はいい学校だとは思うが、里桜ならほかにいくらでも選択肢はある。学校への不信感で勉強に集中できなくなるくらいなら、志望校を考え直したほうがいいように思えた。

――受験本番までは、まだ時間もあるし。安易に「変えたら？」って言うのは、モチベーション的にもよくないけど……。

このあたりは匙加減が難しい。中学三年生の夏という大事な時期、しかも多感な女子と話すのは、なかなか気を遣う。

だが本人は気分を切り替えられたようで、「ありがとう、瑤くん」と晴れやかに笑った。

「……あれっ。そういえば、時間大丈夫？」

共有ルームの壁掛け時計を見ると、時刻は四時五分前を示していた。四時から翌週に控えたサマーキャンプのスタッフミーティングがあるのだ。

「やば、もう行かないと。じゃあ、またね」

「うん、いってらっしゃーい」

子供たちの居住スペースを出て、オフィススペースへ急ぐ。会議室の扉を開けたのは、ミーティング開始の一分前だった。職員はほぼ揃っていたが、江見施設長はまだ来ていない。

ギリギリセーフ、と思ってほっとしたのもつかの間。

「あ……」

瑤の視線は自然と、一点に吸い寄せられていた。ホワイトボードの前の席。進行役の職員の隣にしかつめらしい顔で座っているのはカイ・アンブローズだった。

生地も仕立ても見るからに上質そうなスーツは、歩が好むミラノスタイルとも善がよく着るナポリスタイルとも違う、かっちりしたシルエットが特徴的なブリティッシュスタイルだ。サックスブルーのシャツに、ブラウン系のレジメンタルタイを合わせている。

——今日も来てたんだ……。

一瞬。目が合った気がして、反射的にぱっと逸らす。

善の忠告を守ったわけではなく、無意識のうちにそうしていた。あの瞳に見つめられると、やっぱりどこか落ち着かない。

——なんだろう、威圧感かな……。善見とはまた違うタイプの怖さなんだよな。

瑤は入り口近くの空いた席に座った。ほぼ同時に江見施設長もやってきて、ミーティングが始まる。

職員は全員カイとの顔合わせが済んでいるようで、特にあらたまった自己紹介はなかった。キャンプの運営マニュアルが配られると、現地での注意事項や変更点などの最終確認を中心に、粛々と進んでいく。

質疑応答まで終わり、江見施設長が口を開いた。

「うちとしてもはじめての試みですから、現地でわからないことも出てくると思います。何か気づいたことがあればいつでも、私かカイさんに声をかけてください」

今回はカイさんにも同行していただきますから——と付け加えた施設長の言葉に、瑤はつい「えっ？」と顔を上げてしまった。

——それはちょっと……まずくない？

いくらカイがハウスの支援者であり、サマーキャンプの発案者であっても、正真正銘のアルファである。オメガとひとつ屋根の下で寝泊まりするなんて、さすがに危険すぎる。

ほかの職員も同じ考えだったようで、会議室内がにわかにざわついた。年嵩の女性職員が「あの」と遠慮がちに手を挙げる。

「つまり、カイさんも同じ宿舎に泊まる……ということでしょうか？」

「え？　あっ、違う違う。カイさんには子供たちやオメガの職員とは、別の宿泊棟を使用してもらいます。ごめんなさい、言葉足らずだったわね」

江見施設長のフォローを聞いてほっとした。もし、同じ宿舎に……なんてことになったら、兄たちに「絶対行くな」と言われていただろう。

ちなみにサマーキャンプに使用する建物は、カイが所有している物件らしい。何から何まで桁違いの人である。

「カイさん。キャンプの発案者として、何か一言いただけますか」

「わかりました」

施設長に振られたカイが静かに立ち上がる。参加者の顔をひとわたり見回してから、重厚なバリトンボイスで語り始めた。

「私はここで暮らす子供たちに、将来の選択肢を広げてほしい——そう考えています」

これは単なる英語学習の話ではありません、とカイは言った。

「進学や就職の機会において、オメガ差別は禁じられています。ですが実際は建前でしかないことのほうが多い。社会には厳然たる〈オメガの壁〉が存在しています」

カイの言葉にオメガの職員たちは皆、一様に表情を曇らせた。誰しも一度や二度——もしくはそれ以上、壁に阻まれた経験があるのだろう。

「ですがこの〈壁〉は社会だけではなく、それぞれの心にもあると私は考えます」

——心に壁がある……。

その台詞で胸のあたりに、重く冷たい何かを感じた。

「オメガという事実に将来を悲観し、萎縮してしまう子供は多い。このハウスにはオメガ性を理由に疎まれ、家族から切り離された子供もいるので尚更でしょう」

英国でも同じでした、とカイは言う。オメガだから「きっと無理だ」と諦め、将来の選択肢を自ら狭めてしまう子供がいる、と。

さっきの里桜と同じだ。彼女もオメガ差別の噂に心を痛め、自信とやる気を失いかけている。心にあるオメガの壁に、ぶつかりつつあるのだ。

「第二の性別ではなく、それぞれの適性に応じた進路を選ぶ自由も、やりたいことに挑戦するチャンスもある。オメガであることを理由に、夢を……いえ、人生を諦める子供を一人でも減らす——それこそがこのキャンプ最大の目的です」

「——……っ」

その言葉に古傷を刺激され、思わず息を呑んでいた。さっき冷たいものを感じた胸のあたりがしくしくと痛んで、呼吸するのが少し苦しい。

——もしオメガじゃなかったら……オレは今、どうなっていたんだろう。

ありえたかもしれない、ｉｆの未来に思いを馳せる。

舞台を降板する必要はなかったし、きっと子役だって続けていただろう。もっとたくさんの作品に出演して、それから……。

——なんて。さすがにそんなに、甘くはないか……。

たとえオメガでなくとも芸能界で成功するとはかぎらない。業界から長く離れた身でも、それくらいは理解している。

見えない傷をいたわるように、瑤はそっと胸に手を当てた。なかったことにする気はないが、自分に都合のいい改変はしたくない。

それでもやはり、悔しさは残っていた。挑戦するチャンスを奪われたという思いは、身勝手なものではないはずだ。

やった後悔より、やらなかった後悔のほうが大きい。そんな言葉を聞くと、いつも共感してしまう。

意外だったのは、カイのオメガに対する解像度の高さだ。

私財を投じたオメガ支援は彼にとってビジネスの延長、もしくはノブレス・オブリージュの側面が強いのかと思っていたのだが、それだけではないのかもしれない。少なくとも、「お金を出したらそこで終わり」という姿勢でないことは明らかだった。

――見た目はそんな感じじゃないけど……全然笑わないし。

せっかくいいことを話しているのに、顔だけ見てると訓示のような雰囲気だった。目鼻立ちが整っているだけに、怜悧な印象ばかりが強調されてとっつきづらい。

ちょっとくらい笑ってもいいのに――なんて思ってしまうのは、愛想笑いが染みついた日本人だからだろうか。

カイが話し終えたところで、ミーティングもお開きになった。

会議室を出ると、来客を告げるインターフォンが鳴る。いちばん近くにいた瑤が取り次ぎに出たら、モニターにはスーツを着た男性が映っていた。

「はい。どちらさまでしょう」

『お世話になっております。カイ・アンブローズのマネージャーの、藤咲と申します。カイを迎えに参りました』

「少々お待ちください」

言って、モニター横に貼ってある来客予定表を見た。今日の日付部分に『藤咲氏（来）。アンブローズ氏マネージャー』と記されているのを確認し、玄関(げんかん)へ向かう。

「お待たせしました、どうぞ」

「ああどうも、お世話になっておりま――……」

す、と最後まで言い切らず、男性ははっと目を瞠(みは)った。

「……何か？」

「あ、失礼しました。……――あなたもこちらにお住まいで？」

「いえ、オレはバイトです」

入所者と間違われることは多いので、特に気にせず「どうぞ」と招き入れた。入館証を渡(わた)して見えるところにつけてもらい、応接室へと通す。

藤咲と名乗った男性は、カイより少し年下に見えた。日本人のほうが若く見えることを差し引けば、同じくらいかもしれない。感じのいいたたずまいの人だが、アルファという雰囲気はなかった。マネージャーというと、秘書みたいなものだろうか。

瑤が来客用のミニバーからペットボトルのお茶を出すと、藤咲は「ご挨拶(あいさつ)させてください」とソファから立ち上がった。

「えっ、オレにですか？」

職員でもなんでもない、ただのバイトですけど……と遠慮したのだが、藤咲は名刺(めいし)を持ってスタンバイしている。

「ソノプロダクションの、藤咲と申します」

差し出された名刺はカイの会社のものではなかった。藤咲は瑤も知っている大手芸能事務所の、芸能二部に所属するマネージャーらしい。

「……カイさんは今も、モデルの仕事を？」

先日見つけたネット記事の「元モデル」という経歴から出た質問だったが、藤咲は「いえ」と首を振った。

「正確にはうちのタレントというわけではなく、業務提携という形で仕事をしています。彼の本業は経営者ですが取材依頼も多いので、私がメディア対応の窓口をしているんですよ」

——あー……「バチェラー」じゃなくて、「起業家たち」のほうか。

と、話を聞いて納得した。

モデルの件はよくご存じでしたねと言われ、「はい、まあ」と言葉を濁してごまかす。検索すればなんでも出てくる時代とはいえ、パブサしたことがバレるのはやっぱり気まずい。

「まあ、カイのことはひとまず置いておいて。あなたは学生さん？」

「はい。大学生バイトの、若葉瑤です」

名刺はないので「はじめまして」と頭を下げる。藤咲は軽くうなずき返してから、瑤の顔を正面から見据えて言った。

「単刀直入に言いますね。若葉くん、芸能界に興味ありません？」

「……え？」

「さっき一目見てすぐ、スカウトしようと思いました。目がね、とてもきれいな子だなって。最初、びっくりして挨拶も飛んじゃったくらい」

失礼してごめんね、と藤咲は人好きする顔で笑う。名刺をくれたのはスカウトのためか、と今さらながらに気がついた。

「あんまり驚いてないところを見ると……ひょっとしてスカウトされ慣れてる？」

「慣れてるってわけじゃ……でも、はじめてじゃないです」

隠す理由もないので、素直に答えた。これまで何度かショッピングモールや路上などで、声をかけられたことがある。

「じゃあもう、どこかに所属してるとか……？」

「いえ、それはないです」

「そうなんだ！　なら、」

「——そのへんにしておけ、藤咲」

藤咲が前のめりで口を開いたが、呆れたような声がそれを遮った。気づけば応接室のドアが開いており、眉間に皺を寄せたカイが立っている。

「まったく油断も隙もないな」

「そりゃそうでしょう。いつどこに磨き甲斐のありそうな原石がいるかわからないんだから、常にアンテナは張っておかないとね」

カイはやれやれという顔をしたが、藤咲の仕事に対する姿勢は認めているらしく、それ以上文句を言うことはなかった。

二人はマネージャーとタレントというより、友人のような気やすい間柄に見える。

――って、それどころじゃなかった。ちゃんと断らなきゃ。

「すみませんけど……オレ、そういうのはちょっと……ごめんなさい」

俳優活動に未練があることは否定できないが、すぐに「やりたいです」と言えるくらいならこんなに悩んでいない。これまでのスカウトも全部断っている。

だが、藤咲は引き下がらなかった。

「若葉くんは今、大学何年生？」

「三年生ですけど……」

「ならそろそろ就活かー。今って僕たちの時代より、やることが増えてるよね」

さりげない雑談で会話をつなぎつつ、瑤から情報を引き出そうとする。穏やかな物腰ながらも、なかなか押しの強い人だ。いつの間にか口調も砕けたものに変わっており、ナチュラルに距離を詰めてくる。

「就活は順調？」

「えっと……実は、あんまり。夏のインターンも、全落ちしちゃって」

「なら、就活だと思ってちょっとやってみる……っていうのはどう？　オーディションなんて、面接の練習にぴったりだよ」

なるほどそう来たか、と瑤は思わず身構えた。たしかに度胸がつくという点では、面接対策にもってこいだろう。

だが残念なことに、その手は通用しない。瑤は子役時代に数えきれないほどオーディションを受けており、インターンの面接でも一切緊張しなかった。それでも落ちたのは中身が空っぽだったからである。……自分で言ってて悲しくなるが。

「まあ、そういう人もいるかもしれませんけど……」

オレにはその気はないですよ、という言外の含みを受け取り、藤咲は「うーん、だめかぁ」と苦笑いする。が、返す刀で別の作戦をくり出してきた。

「うちの事務所にはね、有名な俳優さんがたくさんいるよ？」

うわ、それめちゃくちゃベタな勧誘手口……！　と思いつつも、さすがは大手事務所。藤咲は第一線で活躍中の俳優の名前を、次々と挙げた。

「蒲生恭一に、松田マレ……それと三村硝太も」

「え、しょ……三村さんも？」

聞き捨てならない名前につい反応してしまう。三村硝太は子役時代に出演した『風花物語』

の座長で、瑶がとてもお世話になった人なのだ。

「あ、三村さんのファン？　今年の頭に、うちの系列事務所から移籍してきたんだよ」

「そうだったんですか……去年観た映画、すごくよかったです」

『『残照』、観てくれたんだ、どうもありがとう！　あれは三村さんも相当力を入れた作品でね。役作りで七キロの減量をして臨んだんだよ」

「えっ……もともと細い人がそこまで落とすの、かなり大変ですよね……？」

「そうそう。でも役柄的にどうしても譲れない、って。殺人犯役ははじめてだったし、妥協はしたくない人だから」

「あ……っ、そういえば凶器の使い方がすごかったです。一人目のときと最後の惨殺シーンとでは、刺し方が違うんですよね。なんでかなって思ったら、生育歴と関係してて……」

三村硝太の演技がいかに素晴らしく、感動的だったか。夢中になって語っていたら、藤咲がぽかんとしていた。

「——あっ。す、すみません……」

「いやいや、よく観てくれてありがとう。嬉しいよ」

うっかり前のめりになってしまって恥ずかしい。——すると、

「……解せないな」

ぼそり。と不可解そうに呟いたのは、カイである。

「どうやら君は芝居に興味があるようだ」

「え。っと……それは、観るのが好きで」

「私にはそれだけとも思えなかったが。――だろう？」

同意を求められた藤咲は、「うん、そうかも」とうなずいた。

「三村さんだけじゃなくて、演技そのものに対しても関心があるのかな……って感じだね」

「それは大学でそういう勉強をしてるからで……素人が偉そうなこと言ってすみません」

「大学で？　そういえば専攻は？」

藪蛇だ。と気づいたときはもう遅い。

「あ……えーっと……芸術系です……」

「芸術って言ってもいろいろあるよね？」

「……演劇とか、映像とか……」

嘘をつくわけにもいかず正直に答えたが、結果墓穴を掘ったのは間違いなかった。もう興味がないという言い訳は使えない。

すかさず藤咲に「なら、お芝居も含まれるね」と言われてしまう。

「けっ、けど。芸能界とか、自分には無理なんです。ごめんなさい」

今度は曖昧に濁したりせず、はっきりとスカウトを断る。――すると、

「……わからない。なぜ、そんなに頑ななんだ？」

怪訝そうな顔で疑問を呈してきたのは、藤咲ではなくカイのほうだった。

「プロの目から見て素材はいい。芝居が好きで、勉強もしている。だがスカウトを受ける気はないとくれば、単純に理由が気になる」

「ですよ、ね……」

「詐欺かどうか警戒しているのか？」

「い、いえ！　違います」

藤咲がスカウトを騙る詐欺師でないことは、カイとのやりとりを見れば明らかだ。

だが己の根幹に関わる繊細な問題を、会って間もない人に明かせるほど、自分はオープンな性格ではない。

「自信がない、というか……」

我ながら説得力に欠けるが、そう言うのが精一杯だった。案の定カイは「曖昧な理由だな」と呆れた様子を隠さない。

「恵まれた環境にありながら努力を放棄するなんて、怠惰としか思えない。そうでないなら、せめて自分の考えを言うべきだろう。そんな調子じゃインターンどころか、就職試験でも苦戦するんじゃないか」

「なっ……」

あまりに遠慮のない物言いに瑤は絶句した。煮え切らない態度を取っている自分も悪いが、そこまで言われる筋合いはない。

「ちょっとカイ、言い過ぎだよ」

「そうか？　的外れなことを言っているつもりはないが」

「いや、スタートからズレてる。皆が皆芸能人になりたい、ってわけじゃないんだから。……まあその気にさせるのが僕の仕事ではあるけど」

藤咲は若干複雑そうな表情をしながらも、至極真っ当な言い分でカイを諫めてくれた。

「ごめんね、若葉くん。この男は昔からちょっと、言葉選びが下手なんだよ」

「……いえ、オレが中途半端なのは本当なんで」

「もしかして、進路に迷っているのかな。何か事情があるみたいだね」

「ええ……まあ」

答えながら横目でちらりとカイを見た。「だからその事情を言えと言ってるんだ」と、端整な顔に書いてある。……でも。

「アルファの人には、わからないです。たぶん……」

「――……」

瑶が心のシャッターを下ろしたことは、二人に正確に伝わったようだった。藤咲はあからさまに「察した」顔になっていたし、カイでさえ目を眇めただけで何も言わない。

「オレは仕事があるので、これで。入館証は帰るときに、職員さんに渡してください」

失礼します、と一礼して応接室を出る。ひどく胸がざわついていた。

無遠慮な態度への苛立ちと、不甲斐ない自分への怒り。将来への焦燥感も相まって、感情が波立っている。一種の興奮状態にあるのか動悸が速くなり、心なしか体温も上がっているような気がした。

「なんにも知らないくせに……」

人目がないのをいいことに、ひねた呟きがこぼれ落ちる。

けれど一人になって考えてみると、イライラの半分は自分のせいだった。

たしかにカイの言葉選びはどうかと思うし、昨日今日会った人に口出しされる謂れもないが、指摘そのものは的を射ている。

このまま就活を続けたところで、いい結果が出るとは思えない。あの作り物めいたヘーゼルの瞳は、現実から逃げ続ける瑤の弱さを見透かしていたのだ。

二

八月の第二週に入り、サマーキャンプが始まった。うだるような暑さの都心を離れ、澄んだ高原の空気の中、子供たちは楽しそうに活動している。

本館と別館から成る研修所は申し分のない施設だった。大小複数の会議室に食堂やジムなど充実した設備を備えており、一歩外に出れば雄大な自然に囲まれている。子供たちとオメガの職員と瑤は本館に、ベータの職員とカイは別館に泊まることになった。

食事は研修所の調理スタッフが、部屋の清掃は子供たちが行う。各種アクティビティの準備と洗濯、その他一切の雑務は職員たちと瑤の担当だ。

クラスの合間にはレクリエーションも用意されている。丸一日森に入ってブッシュクラフトを体験したり、近隣のショッピングモールでお土産を買ったりと、学びも遊びも充実した日々が過ぎていった。

毎日目まぐるしくて、あわただしい。けれど夏の日射しよりも眩しい子供たちの笑顔を見ると、疲れよりも喜びが勝った。

発案者のカイも概ね満足しているようである。表面的な視察にとどまらず、子供たちに積極的に関わろうとしている場面も、たびたび見受けられる。

……が、傍から見ているかぎり、その試みは成功しているとは言いがたかった。とにもかくにも愛想がないので、完全に敬遠されている。

よく言えばクール。悪く言えば、冷たそう。身長が高いので威圧感もある。にこやかな職員に慣れている子供たちからすれば、カイは「いつもむすっとしている大人」だ。

――江見施設長は信頼してるみたいだし、悪い人ではないんだろうけど……。

とはいえスカウトの一件での印象があまりに悪すぎて、仲介してあげようなどという気にはとてもなれない。

そもそもキャンプ開始以来、言葉を交わす機会もなかった。カイは空き時間になると大抵、食堂の片隅でノートパソコンを開いている。おそらくパトリア社の仕事をしているのだろうが、職員たちに「いつ休んでるのかしら」と噂されるくらい、ずっと忙しそうにしていた。

――ほら。今日もいる。

遅めのランチをとるために入った食堂。窓際のテーブルに陣取り難しい顔でディスプレイを眺めている姿は、朝から一ミリも動いていないように見えた。

瑤が調理スタッフからバゲットサンドのセットとアイスラテを受け取ると、

「あちらの方の分も持ってってもらえます？　全然取りにいらっしゃらないので」

「え」

と、トレーにもうひとつ同じサンドイッチセットが載せられた。内心では「なんでオレに？」と思うも、「片付けられないんですよね」と言われてしまえば断れない。

「……お疲れさまです」

仕方なくカイのテーブルに近づいて声をかける。気配に気づかないほど集中していたのか、ディスプレイから目を離した顔は、瑤を見て少し驚いていた。

「これ。お昼まだなんですよね？　スタッフさんに『持ってってください』って言われて」

「……ああ。すまない」

言って、カイは腕時計を見るとわずかに片眉を上げた。

ノートパソコンを閉じて端に寄せ、瑤のトレーからサンドイッチを受け取る。

「座らないのか？」

「え？」

「君もランチをとるんだろう」

「あ……はい」

別に同席するつもりはなかったんですけど――とは言えなかった。ここでわざわざ別のテーブルに移動するのは感じが悪い。

せめて距離を取ろうと、斜向かいの席に腰を下ろした。

「いただきます」

よく冷えたアイスラテを一口飲むと、ふう、と気の抜けたようなため息が出た。喉から鼻に抜けるコーヒーの香りが芳ばしく、苦味とミルクの甘味のバランスが絶妙だ。

パリッと焼いたバゲットにグリルしたチキンと野菜をたっぷり挟んだサンドイッチも、甘辛てりやきソースにマヨネーズが利いていておいしい。ここの食事は栄養バランスだけではなく味もいいので、ちょっと得した気分である。ご飯がおいしいと仕事もやる気が出る。

窓からは野趣に溢れた雑木の庭が見渡せた。研修所というだけあって内装は簡素だが、風景はいかにもリゾート地だ。

だがどこか気詰まりなのはやっぱり、カイと相席しているからだろう。さっきからどちらも、一言も喋らない。相手がいるのに会話ゼロの食卓は気まずいものだ。

「……コーヒー派なんですか?」

黙々とサンドイッチを口に運ぶカイに、思わずそんな他愛もない質問をした。ノートパソコンの横には、溶けかけた氷で色の薄まったアイスコーヒーが置いてある。

イギリス人なのに珍しいという含みに気づいたのだろう、カイは「紅茶も嫌いではないが」という言い方で肯定した。スルーされるかなと思ったが、雑談に乗ってくれるらしい。

「君もずいぶん遅い休憩だが、忙しいのか?」

「今日はちょっとやることが重なっちゃって。カイさんは毎日、忙しそうですね」

言うと、カイが軽くため息をつく。

「まあな。だが本当にやるべきことは、正直思ったように進んでいない」

「やるべきことって?」

「子供たちとのコミュニケーションだ」

「あー……」

やっぱり気にしてたんだそれ、と妙に納得してしまった。

「いろいろと話を聞きたいんだが、私が話しかけると途端に緊張するらしい。クラスの感想を尋ねても一言二言で会話が終わる。……君と話すときは皆、リラックスしてるのに」

「オレ、こう見えてバイト三年目ですから。皆とはそれなりに長いつきあいなんですよ」

「だが入所して日が浅い子供も、君には心を開いているだろう」

「いや、さすがにそこまではまだ。なかなか悩みなんて打ち明けてもらえませんよ。……まあ、話しかけやすい空気は作ってるつもりですけど」

「その空気というのは、どうやって作るんだ？」

「どうやって、って……」

料理のレシピじゃあるまいし、材料はこう、手順はこう、と決めているわけじゃない。でもカイは本気のようで、その表情はいたって真剣だった。

「クラスのフィードバックもほしいし、将来の不安などもあればぜひ聞いておきたいんだが、このままでは無理だ。オメガ教育の現場に立ち会える機会はそうそうないのに」

――だから手ぶらで帰るわけにはいかない、ってことか。うーん……。

理路整然とした語り口。一分の隙もない真っ当な主張。会話中は当然、笑顔もなしだろう。

そこまで考えれば、子供たちが敬遠する理由は容易に推測できた。

アドバイスめいたことも言えなくはないが、ちょっとくらいの意趣返しは許されるだろう。

「……顔が怖いからじゃないですか？」

「真剣な話でヘラヘラしろと？」

「オレってそんなヘラヘラしてます？」

「――――すまない。失言だった」

まったくこの人は……と呆れながらも、速やかな謝罪に免じて許すことにする。

「ヘラヘラじゃなくて、ニコニコするんです。相手はよく知らない大人ですよ？　まずは警戒心を解かないと」

「ニコニコ……」

カイの口元がひくっ、と動いた。おそらく笑顔を作ろうとしているのだろうが、引きつっているようにしか見えない。

「ま、まあ、顔はともかく……あとは訊き方ですね。どんなふうに声をかけてます？」

「取り立てて変なことは言ってない。『キャンプはどうだ？』とか、『何か要望はないか』とか、『改善すべき点はあると思うか』とか」

「そんな訊き方されたら、戸惑っちゃいますよ……」

もはや業務改善ミーティングの域である。自分の会社の社員に対してならそれでもいいが、中学生と高校生相手では悪手としか言えない。

「それなら『キャンプはどうだ？』っていう雑談で充分です。ピンポイントで聞き出そうとすると、『きちんとしたこと言わなきゃ』って、口が重くなることもありますよ」

「私の訊き方ではプレッシャーになると？」

「まあ、そうですね」

カイは「む……」と唇を引き結んだが、単に（参ったな）というポーズのようで、特に気分を害した様子はなかった。

「あ、あともしかしたら高校生くらいの子は、『カイさんはアルファだから』っていう理由で緊張してるかもしれません」

「……そうなると打つ手なし、ということになるが」

「んー、無理に話そうとしないで、アンケートを取るのはどうです？　真面目な子が多いから、いろいろ書いてくれますよ、きっと」

ほう、とカイは眉を上げた。

「悪くない。さっそくフォーマットを作ろう」

カイは言うが早いかノートパソコンを開いて、メモをとり始めた。アドバイスと言えるほど大層なものではなかったが、ちょっとは役に立てたらしい。

それにしても、ただのバイトでしかない瑤に意見を求めるなんて、ずいぶん殊勝なところがあるものだ。

冷淡で無神経な仕事人間と思っていたが、単に不器用なだけなのかも——と、さっきの下手くそな笑顔が頭に浮かぶ。

——そもそもどうして、「オメガの」支援なんだろう。

アンブローズ・マーケットは英国有数の大企業だ。その御曹司アルファならたとえ次男でも、将来の選択肢はいくらだってあっただろう。独立起業するにしたって、なぜオメガと関わる業種を選んだのか。

「……カイさんはなんでそんなに熱心なんですか？」

「なんで、とは？」

カイは、質問の意図を測りかねる、という面持ちで瑤を見る。

「だってオメガが差別されても、アルファには影響ないですよね？　なのにどうしてこの仕事を選んだのかなって、不思議で……」

「ああ、それならごく個人的な理由だ。——私はかつて、オメガだったから」

「……え？」

予想だにしなかった告白に瑤は目を丸くした。

「ど、どういう意味です？」

「十歳のときに受けた検査で、『オメガ』だと判定されたんだ。再検査で『アルファ』となるまで、自分はオメガだと信じて過ごしていた」

第二の性を調べる検査は、国により実施時期が異なる。英国の一斉検査は十歳で、日本より四年も早い。

「これはアルファの早期教育を推進する、国の方針なんだ」

現代においても、英国は階級社会だと聞く。第二の性もまた、階級を区別する要素のひとつになっているのだろう。

「私には兄がいる。真面目で優しくて、成績だって悪くない。だがベータという性別が、両親には不満だった」

カイの父親はアルファで、母親はオメガらしい。アルファが生まれる確率が高い組み合わせではあるが絶対ではなく、もちろん産み分けなどということも不可能だ。

「アンブローズ家はアルファ男子至上主義なんだ。第二子の私にかけられた期待は、必然的に大きくなった。長男そっちのけであれこれ与えられたが、検査の結果はオメガ。翌日から私を待っていたのは、鮮やかなほどの手のひら返しだ」

家庭教師も、本も、電子機器も、すべて取り上げられた。オメガには必要ないからと。

母親はカイをかばうどころか、「あなたのせいで私の価値もなくなる」と、父親以上にカイを責めたという。

「……。ひどい……」

思わずそう声が出ていた。それしか言えなかった。

子供は親の価値を決める道具ではないのに。

「両親に半ば追い出されるような形で、私は家を出た。当時唯一味方になってくれた祖母と、日本に渡ったんだ」

「あ、叶恵子——……、さん!」

つい呼び捨てしそうになり、あわてて敬称をつけた。伝説的なスターであっても、目の前にいる人のお祖母ちゃんである。

「祖母を知ってるのか」

「……すみません。ネットで見て……」

パブサで得た知識を披露してしまった罪悪感で頭を下げる。ただカイのほうは気にするふうでもなく、「有名人だからな」とさらりと流した。

孫の中で最も祖母似だったカイは、彼女のお気に入りだったらしい。物心つく前から日本語を仕込まれていたというので、正真正銘のネイティブスピーカーだったのだ。

「それから二人で数年間、祖母方の実家に世話になった」

「けっこう長い間、日本にいたんですね」

「ああ。コーヒーの味を覚えたのはこのときだ」

その歳でコーヒーを嗜むなんてませてるなぁ……と思ったが、美しい叶恵子が自分に似た孫息子を連れてカフェに入り、モーニングコーヒーを頼む場面を想像したら、妙にしっくりくるものがあった。

「このままずっとこの国で暮らすのかと、朧気に考えていた矢先……第二の性の検査を受けることになった」

「日本の一斉検査は、十四歳ですからね」

「ああ。そこで私は『アルファ』だと診断されたんだ」

検査時の年齢が低いほど判定の精度が下がるので、英国内でも結果が変わる事例はしばしばあるらしい。「早期教育信仰の弊害だ」と、カイは遺憾そうに眉をひそめる。

「私にとってその結果はもはや重要ではなかったが、両親には違った。おまえがアルファなら話は別だと、帰国を命じてきたんだ」

「そんな――……」

「両親を心底軽蔑した私は、当然断った。だが十四歳の子供に、決定権はない。結局強制的に帰国させられる羽目になったんだ」

自分の子供に対する仕打ちとはとても思えなかった。これではまるで物扱いだ。いらないと思えば捨てて、必要になったら取り戻す。カイ自身の意思は、そこに存在しない。

瑤は相槌も打てずに沈黙した。だが、カイは平然とした顔で淡々と語る。

「私の苦しみなんて一瞬のことだ。結局、アルファだったんだからな」

それは違うと思います――と瑤は反論したくなった。そんなふうに苦しみを矮小化するのは、絶対に間違っている。

たしかにオメガではなかったことで、社会的な差別は受けずにすんだかもしれない。アルファという強者として、恩恵を受けてきた自覚があるのもわかる。

でも、それとこれとは別の話だ。カイが両親に傷つけられた事実は変わらない。いくらアルファとして優遇されようと、帳消しになるような傷じゃないはずだ。

カイはオメガではなかった。けれど第二の性に翻弄された、れっきとした当事者なのだ。

――そんな事情も知らないで、オレは……。

「あの……以前はすみませんでした」

「？　なんのことだ」

「アルファの人にはわからない、って言ったこと……取り消します」

藤咲のスカウトを断ったあの日。なぜそんなに頑ななんだと不思議がるカイを、そう言ってシャットアウトした。

「オレのほうこそ『アルファ』だ『オメガ』だって、性別にこだわってたなって反省しました。カイさんの境遇とか、仕事にかける思いも知らないで」

「いや……別に気にしなくていい。教えていないんだから当たり前だ」

どこまでもドライな口調に苦笑する。気遣う必要はないと言いたいのだろうが、本気でそう思っているようにも聞こえた。

——たしかに藤咲さんの言うとおりだ。この人あんまり、言葉選びが巧くない。仕事に関する話は饒舌なのに、自分の話となった途端に口数が減る。他人に理解してほしいと思わないのか、期待するだけ無駄だと割り切っているのか。

生い立ちを聞くかぎりは後者だろう。幼いときから聡明だったであろうカイは、アルファかオメガかという物差しでしか息子を見ない両親を、早々に「見切った」のだ。

誰にでも過去はある——そう思うとふと、肩の力が抜ける。

「——オレ。昔、子役をやってたんです」

訊かれたわけでもないのに、自然とそう打ち明けていた。突然の告白にカイは一瞬驚いた顔をしたが、黙ってそのまま話を聞いてくれた。

「やってたって言っても、ほんの数年なんですけど。引っ込み思案を心配した母親に、合唱団に入れられたのが最初でした」

瑤が入っていたのは、五歳から十八歳までの子供が所属する、歴史ある児童合唱団である。歌手のバックコーラスや、教育番組の出演者として呼ばれることもあり、七歳のときに行ったテレビ局で、たまたま居合わせた子役事務所の人にスカウトされたのがきっかけだった。

「子役って基本オーディションなんですよ。キッズモデルとかCMとかドラマとか、とにかくたくさん受けてたくさん落ちました。最初はよくわからないままやってたんですけど、ドラマのオーディションに受かるようになったら、だんだんお芝居が楽しくなってきたんです」

はじめてテレビに出たのは、連ドラのゲストだった。

最初は一回きりの出演予定だったが、「技術はまだまだだけど勘は悪くない」と言われて、最終回も呼んでもらえたことはよく覚えている。

「もっとじょうずになりたい」「いろんな人になってみたい」「ほめてもらえたらうれしい」と、モチベーションはごくごくシンプルで、だからこそ続いたのかもしれない。

「順調だったんだな」

「途中まではそうかもしれません。……でも八歳のときに出演した舞台で、大勢の人に迷惑をかけちゃって……」

テーブルに置いていた手に、ぎゅっ、と力が入った。詳しく話そうとするとまだ、あのときと同じ痛みで胸が軋む。

「……カイさんは『早期覚醒オメガ』って知ってますか？」

「詳しくはないが、一応は。平均よりずっと早くに、オメガだとわかるとか」

「オレはその、早期覚醒オメガでした。ヒートが来るわけじゃないんですけど、代わりに高熱が出るようになるんです。小学校も休みがちになっちゃって、とてもじゃないけど芸能活動は続けられませんでした」

もっと芝居を続けたかった。だがたくさんの人に迷惑をかけた身で、そんなことを言う資格などないとわかっていた。

「だから……」

俳優になりたくないと言えば、嘘になるんですけど——そう言おうとしたのに、ぐっと喉が詰まって言えなかった。

もう十年以上前の話なのに、まだ気持ちを消化できていない。行き場のない悔しさは出口を求めているのに、恐怖心と罪悪感でそれを表に出せないのだ。

「………」

カイのヘーゼルアイがじっと瑤を見つめている。色ガラスのような目にはじめて、生の感情が見えた気がした。言葉にすることはできなくとも、無念さは伝わったのだとわかる。

「——すまなかった」

カイは唐突に謝罪の言葉を口にした。

瑤が驚いて顔を上げると、「藤咲が来た日のことだ」と補足が返ってくる。

「事情を知らなかったとはいえ、私の態度は配慮に欠けていた」

そっけないけれど、誠実な謝罪だった。謝ってほしくて喋ったわけじゃないので、予想外の反応にどう返そうかと迷い——、

「気にしてません。教えてないんだから、当たり前ですよ」

と、どこかの誰かを真似た言い方で謝罪を受け入れる。

瑤の台詞にカイは目をしばたたくと、ふっ、とわずかに口角を上げた。生意気さをからかうような微笑だったが、さっきの作り笑いよりずっと自然だ。

「──あの、カイさん。実は子供たちの進路について、相談があるんですけど」

この人は信頼できる。そう確信した瑤は、里桜の話をした。

留学プログラムへの参加を夢見て受験勉強を頑張っている彼女が、志望校にまつわる不穏な噂を聞いて不安になっていること。瑤としては、不安で集中できなくなるなら志望校を変更し、学外の留学プログラムへの参加を検討すべきでは？　と考えていること。

話を聞いたカイは「概ね君の意見に賛成だ」と言った。

「噂の真偽を確かめる術がない以上、学校の制度に頼るのは心許ない。それに、外部のプログラムのほうが何かとアレンジもきいていいだろう。うちの留学支援を使うという手もある」

「えっ……そんなこともやってるんですか？」

「ああ。場所もイギリス、アイルランド、アメリカ、カナダ、ニュージーランドから選べるし、オメガを受け入れた実績のあるスクールと提携している」

「それ、すごくいいですね！」

聞いているだけで世界が広がりそうでワクワクした。里桜が聞いたらもっと喜ぶだろう。

「ただ、留学の目的はもっと明確にしたほうがいい。英語を使った仕事がしたいというのも、いささか不明瞭だ」

「……不明瞭、ですか？」

「だってそうだろう。外資系企業で働きたいのか、外交官志望なのか、国際機関の職員になりたいのか、それとも通訳者や翻訳家を目指すのか……それによって必要な準備が全然違う」

「ま、まあそうですね」

「語学研修であっても同じだ。職種によって要求される英語のレベルも、身につけるべき知識も変わってくる。進学先やファーストキャリアを考える上では……」

「ちょ、ちょっと待ってください。それですよ、それ」

「それ、とは？」

「また悪い癖が出てます。そんないっぺんにわーって言われたら、里桜が引いちゃいますって。私には無理かもって」

どこでどう働くかを決めるなんて、就活中の瑶でさえ苦戦しているのだ。いくらしっかり者とはいえ、里桜はまだ中学三年生である。不穏な噂に胸を痛める、繊細なところもある。

「まずは里桜と『雑談』から始めてください。そうすればきっと会話の中から、彼女の興味や希望が見えてきますから」

笑顔も忘れずに！　と念を押すと、カイはうっ、と一瞬引き気味になり、それでも最後は「わかった」と首を縦に振った。

不器用だけど素直な人だ。……なんて、年上に対して失礼かもしれないけど。

バゲットサンドを食べ終え、瑤はトレーを持って立ち上がった。カイも一緒に食堂を出るとちょうど午後のクラスが終わったところのようで、廊下に子供たちの姿がぱらぱらと見える。

「――里桜！」

いいところにいたと瑤が声をかけると、里桜はやけに不安そうな顔で振り向いた。

「どうした？」

「うん……あのね。今、悠真が『気持ち悪い』って言うから、部屋に連れてったんだけど。熱があるみたいだったから、誰か呼んだほうがいいと思って……」

悠真は最年少の中学生オメガだ。里桜は悠真のことを、弟のように面倒見ている。

「熱……」

吐き気と熱。普通なら胃腸の不調か夏風邪を疑うところだが、オメガの場合はそこにオメガ性由来の発熱という可能性が加わる。

だとしたら、ヒートになる可能性もあった。年齢的にはまだ早いし、サマーキャンプの間は抑制剤を服用しているはずだが、絶対にないとは言い切れない。

「わかった。一緒に施設長のところに行こう」

言うと、里桜の顔に安堵の色が浮かんだ。

「すみませんけどカイさん、オレはこれで」

「ああ。私に何かできることは？」

「えっと……申し訳ないんですけど、しばらく別館に行っててもらえますか？　念のため……悠真が落ち着くまで」

　万が一ヒートが来た場合に備えて、アルファは遠ざけておきたい。助力を申し出てくれた相手に「近づかないで」と言うのは心苦しいが、事故を防ぐためには必要な処置だった。

「わかった。安心してくれ」

　カイは瑤の意図を正しく理解し、納得してくれたようだった。「ありがとうございます」と頭を下げて、職員の待機場所にあてられている小会議室に向かう。

　江見施設長を伴って部屋に行くと、寝苦しそうにしている悠真の姿があった。

「大丈夫か、悠真？」

「うん……」

　返事には力がなく、額はほのかに熱い。氷嚢で首と脇を冷やすといくらか表情が和らいだが、施設長は「念のために」とクリニックに往診を依頼する電話をかけた。

「もうすぐお医者さん来るからな」

「えー……」

　悠真はだるそうにしながらも不満げな声を出す。筋金入りの注射嫌いなので、医者や病院に苦手意識があるのだ。

　思いのほか早く到着した女性医師は、慣れた様子で悠真の診察をしてくれた。

「――軽めの熱中症ですね」

オメガ性とは関連性がありませんと言われ、その場にいる全員が安堵する。決して熱中症を軽視しているわけではないのだが、勝手の違う旅先でヒートと言われるよりはいい。

「水分をしっかりとって、安静にしてください」

医者が帰ったあとは施設長に頼んで、悠真の看病をさせてもらうことにした。原因はなんであれ熱を出している子がいると、かつての自分を重ねてしまって放っておけない。

悠真は皆と離れて、心細そうにしている。そんなところも、昔の自分とよく似ていた。

「元気出そうな、悠真。お医者さんも『一晩休めば回復するでしょう』って言ってたし」

「うん……じゃあ明日のパーティーは、出てもいい？」

サマーキャンプ最終日の明日は、打ち上げパーティーを予定している。

子供たちはそこで、先週誕生日を迎えた江見施設長をサプライズで祝う計画を立てており、悠真もとても楽しみにしているのだ。

「うん、室内だしな。けど具合が悪くなったら、無理しないでちゃんと言うこと」

「ん、わかったー」

声がほんのちょっと明るくなった。これで今日は安心して休んでくれるだろう。

悠真はしばらくとろとろと眠り、夕方になると目を覚ました。体温を測ると熱はほぼ平熱に戻っており、瑤はほっと胸を撫で下ろした。

翌日は土曜日だった。クラスは本日で修了し、明日は帰るだけとなる。

今日は特別忙しい一日になる予定だった。

いつもの仕事をこなしつつ、キャンプの集大成となる子供たちのクラス発表を見学し、合間に打ち上げと誕生日パーティーの準備をしなければならない。

——計画的にやらないと詰むな、これ。

バースデーケーキ作りを担当する瑤は、朝食を終えてすぐ食堂の厨房に入った。

買い出し班の職員から材料を受け取り、エプロンと三角巾を身につけ、さあやるぞと気合いを入れたまさにそのとき——、

——あれっ……施設長？

思わぬ人物が目に入り、瑤はとっさにしゃがんで身を隠した。

江見施設長は今日の午前中、地元の団体関係者と外で打ち合わせをして、ランチも済ませてくると聞いている。……が、なぜか今その関係者と思しき面々と食堂にやってきて、朗らかに談笑していた。どうも当初の予定を変更し、研修所の案内がてら、打ち合わせを行うらしい。

——まずいな、どうしよう。

厨房はオープンタイプなので、テーブル席からではこちらの様子が丸見えだ。ここで作業を

始めたら、サプライズバースデーの主役に見つかってしまう。

いなくなるのを待っている余裕はない。大きなケーキを二台焼くので、時間との勝負なのだ。ここはいったん仕切り直さねばならない。

とりあえず見つからないように……と、こそこそしながら厨房の外に出る。途端、

「——若葉？　何やってるんだ？」

「わっ、あ。か、カイさん」

背後から声をかけられひゃっと飛び退いた。「隠密の真似事か？」と珍奇なものでも見るように眺めてくるが、ひとまず弁解は後回しである。

「カイさん。昨日はお騒がせしました」

言って、瑤は深々と頭を下げた。悠真の診察結果は施設長を通じて報告済みだったが、自分の口からもあらためてお礼を言いたかったのだ。

「悠真はもうすっかり元気です。ご協力ありがとうございました」

「律儀だな。まあ、大事に至らなくてよかった。——で、君はそんな格好で何をしてる？」

「あ、これですか？　これからバースデーケーキを焼くんです」

「……バースデーケーキ？」

カイはヘーゼルの目を瞠り、鸚鵡返しに言った。

「なぜだ。どうして君がケーキなんて……」

「えっ？　ああ、こういうのはオレが担当することが多くて――」

と、説明の途中ではたと気づいた。施設長のお祝いはサプライズで行うので、キャンプの運営マニュアルには書かれていない。カイは知らない可能性もあった。

「先週、施設長の誕生日だったんですよ。当日は出張で留守にしててお祝いできなかったんで、だったらここでお祝いしよう、って子供たちがパーティーを企画したんです。本人に内緒で」

「………、ああ。そういうことか」

カイは一拍置いてから事態を呑み込んだ。案の定初耳だったらしい。

「で、この厨房でケーキを作る予定だったんですけど、急に施設長が来ちゃって。サプライズなのにどうしようって思ってたんです」

「だったら別館で作ればいい。ここほど広くはないが、使えるキッチンがある」

「えっ。いいんですか？」

「別館に泊まってる団体客からは、キッチンの使用申請は出ていない。管理担当者には、私が話を通しておく」

「あ……ありがとうございます、助かります！」

思わぬところからの助け船だった。これでケーキ作りに集中できる。

瑤はカイと別れると、ふたたび隠密のように厨房に戻り、材料を持って別館まで移動した。

別館の二階にあるキッチンは自炊する宿泊客を想定して設計されているようで、小グループ向けの飲食用スペースが併設されている。広さだけ見れば本館の厨房よりささやかではあるが、オーブンの大きさなどに不足はなく、キッチン用品も揃っていた。

スマホに保存したレシピを見ていると、メッセージが届く。丞からだ。

【もうケーキ作ってる？】

とは、まるで計ったかのようにタイミングがいい。

【まだ。今レシピ読んでたとこ】

【なら通話しながらやろうよ】

さりげなく電話をねだられ苦笑する。こんなに長く留守にすることは滅多にないので、かなり寂しがっているのだろう。

【仕事中だからダメ。一人でやるよ】

とここまで打って、【ごめんな】と追記した。明日、お土産買って帰るから——と続けようとしてはっと我に返る。

——いやこんなことしてる場合じゃないって。急がなきゃ。

会話を一段落させ、作業を開始する。

丞のレシピは初心者にも読みやすく書かれていた。出来を左右する重要なポイントや、ミスしやすいポイントには必ずコメントがついているし、「ここでオーブンの予熱スタート」など、忘れがちな作業も手順に入れてくれている。

一台目のケーキをオーブンに入れて時計を見ると、ロスした時間はきっちり巻き返せたようだった。もう一台焼いてもまだ全然余裕がありそうだ。

――このキッチンを使わせてもらってよかった。ラッキーだったな……。

『……バースデーケーキ？』

そう言ったときのカイの顔が、ふっと思い出される。あの一瞬、いつもは取り澄ました顔にわずかな隙ができたように見えた。

『なぜだ。どうして君がケーキなんて……』

よくよく考えてみると、その台詞は少しばかり妙だった。サプライズのことを知らなかったにしろ、バースデーケーキを作ると聞いたら、普通は「誰の？」と思うのではないだろうか。カイの表情は驚きというより、戸惑いに近いものがあった。その感情はケーキそのものではなく、瑤が作ることに対して向けられていたような――。

ふと思い当たることがあり、瑤はスマホを取り上げた。レシピを閉じてブラウザを開き、ウィキでカイのフルネームを検索する。

「……あ。やっぱり……」

生年月日を見て納得した。偶然にも、今日はカイの誕生日だったのだ。

そう考えればカイが戸惑ったのも合点がいく。きっと瑤が自分のバースデーケーキを焼くと思ったのだろう。

「だとしたらちょっと……申し訳なかったかも……」

たしかに瑤はカイの情報を検索したが、誕生日はまったく意識していなかった。とはいえ、ぬか喜びさせてしまったことになる。

「気にしすぎかなぁ。でもなー……」

知ってしまうとスルーしづらい。本人は大人だし、誕生日にこだわりはないかもしれないが、瑤はできればお祝いしたいタイプなのだ。

それにカルミアハウスでも、子供たちの誕生日をとても大切にしている。月ごとにまとめたり、ほかのイベントと一緒にしたりはしない。これは江見施設長の方針だった。

子供たちはハウスに来るまでに、家族や仲間との別れを経験している。なぜオメガに生まれただけでこんな理不尽な目に遭うのかと、悩んだことは一度や二度ではきかないはず。

『だからこそお祝いしたいの。生まれてきてくれてありがとう、って』

施設長はかつてそう言っていた。皆が傷ついた回数はきっと、ほかの子よりも多いからと。

——カイさんも皆と同じ経験をしたんだよな。

オメガと判定されたことで、両親に失望され。家を追い出されたかと思いきや、アルファとわかって呼び戻された。傷つけられても逆らえぬほど子供で、大人になった今では、そんな傷などまるでないように振る舞う。

あまりに淡々としてるので、瑤も最初は気づかなかった。バースデーケーキ、と聞いたときのあの顔を――一瞬の「隙」を見なければ。

――うん、やっぱりお祝いしよう。勝手にやっちゃおう。

ただ、施設長のお祝いと一緒にするのは、名案とは言えないような気がした。

施設長は歓迎してくれるだろうが、カイはなんだか引いてしまいそうだ。

残った材料は、薄力粉、上白糖、グラニュー糖、バニラエッセンス、牛乳、卵、無塩バター。

デコレーション用のフルーツや、生クリームとミントの葉も、量を調整すれば使える。

これだけあれば何かは作れるだろうと、さっそくレシピサイトで逆引き検索をかけてみた。

だが作るのに時間がかかりすぎたり、材料が足りなかったりと、なかなか「これ」というものに当たらない。

結局、弟に助けを求めるのがいちばん早いと思い直し、【ごめん！　これで作れるもの何か教えて↓】と材料を書いてメッセージを丞に送った。

すぐに既読がついて、待つこと数分。

【これでどう?】

と送られてきたのは、シンプルなデザートのレシピだった。

急なリクエストだったにもかかわらず、所要時間や注意点まで書いてくれるところが、我が弟ながらデキる男である。

お礼のメッセージを送り、さっそく作業に取りかかる。水切りカゴに入れてあったボウルを軽く拭くと、鼻歌交じりで卵を割り入れた。

その晩、江見施設長のサプライズバースデーは大成功に終わった。

子供たちからお祝いの寄せ書きを贈られた施設長は本当に嬉しそうで、一人ひとりにお礼を言って回っていた。たくさんの「おめでとう」を受け取りながら、サマーキャンプの思い出話に花を咲かせる姿は家族そのものだ。

瑤が焼いたバースデーケーキも、好評だったのでほっとした。「おいしい」「お店のみたい」と喜んでもらえたのは、ひとえに丞のレシピのおかげだ。

カイも打ち上げパーティーには参加していたが、気づいたら会場の食堂から姿を消していた。職員曰くバースデーケーキが出てきた時点で、「仕事が残っているので」と言って早々に部屋に引き上げたらしい。

「『お祝いは家族水入らずでどうぞ』……ってさ。遠慮させちゃったかな？」

と、職員が言うように遠慮した部分はもちろんあるだろう。だがそもそもカイが皆と一緒にハッピーバースデーを合唱している姿は、あまり想像がつかなかった。すでにできあがった輪の中に入っていくのは、明らかに苦手そうだ。

パーティーがお開きになったあと、瑤は一人で別館に移動した。どこかの会社員グループが夏期研修で滞在しているようだが、今は外出中のようでフロアには人気がなく、灯りが点いていてもどことなく寂しい。

「ホラーゲームの舞台みたい……」

なんて余計なことを考えつつも、キッチンに入って冷蔵庫を開けた。

「よしよし。ちゃんとできてる」

うまくいったのが嬉しくてにやにやしながら、形を崩さないようそーっとそれを取り出した。

あとは仕上げだ。ちょっとでもきれいに、おいしそうに見えますように……と、祈りながら
お皿に盛りつける。急ごしらえのデザートプレートだが、コーヒーと一緒に出せばなかなか様
になって見えそうである。

「これでよし、と」

あとはカイを呼びに行くだけだ。部屋番号はあらかじめ調べてある。……が、いざドアの前
までやってくると、やっぱりちょっと緊張した。

「八時か……」

いつもの門限は過ぎている。そんな時間にアルファの部屋を一人で訪ねるのだと思うと、頭
の片隅にちらりと兄弟たちの顔がよぎった。

――……熱は、ない。

もう〈発熱〉しなくなって久しいが、長年の癖で額に手を当てて熱の有無を確かめた。具合

の悪いところもないし、もちろん今朝も抑制剤を飲んでいる。

大丈夫だ、と判断してノックのために瑤が手を上げたのと、向こう側からドアが開いたのはほとんど同時だった。

「あ」

「……若葉。何か用か？」

出てきたのは訝しげな顔をしたカイである。どうやら瑤が逡巡している間に気配を感じて、ドアスコープを覗いたらしい。

「や、夜分にすみません。実はカイさんに渡したいものがあるんですけど」

「私に？」

「はい。今からキッチンに来てもらえませんか？」

「かまわないが……」

突然の誘いに不審がるカイを、飲食スペースまで連れていく。席に座るように促してから、テーブルにデザートプレートを置いた。

「これは──」

「お誕生日おめでとうございます！　の、プリン・ア・ラ・モードです」

ヘーゼルアイの瞳が驚きで見開かれる。

円いプレートの真ん中には、手作りのプリン。その周りをホイップしたクリームでフリルのように縁取り、いちごとブルーベリーを添えた。ミントの葉のおかげで、彩りも悪くない。丞が教えてくれたプリンのレシピを、自己流でデコレーションしたのだ。平皿しかなかったのでお店風とはいかないが、チョコペンでメッセージを書くにはちょうどよかった。

「今日、カイさんお誕生日だったんですよね」

「あ、ああ……」

気抜けした声でうなずくカイの視線は、チョコレート色の「Happy Birthday」の文字に注がれていた。その顔には喜びと戸惑い、両方の感情が浮かんでいる。

「気を遣わせたみたいだな」

勘のよさそうな人だ。朝の短いやりとりを思い出し、瑤が気を回したと察したのだろう。

「別に、オレがお祝いしたくなって勝手にやっただけですから。ま、お礼も兼ねてですけど」

「お礼？」

「いつもハウスを支援してくれて、どうもありがとうございます」

誕生日を祝うのに本当は理由なんていらない。ただ、カイの心情的にはそう言われたほうが受け止めやすいだろうと思ったのだ。それに、感謝の気持ちに嘘はない。

「ただのバイトのくせに、お礼を言うなんて変だってわかってますよ？　でもオレは子供たちのことが好きだし、皆が笑っていられるのはカイさんのおかげだって思ったから。……あっ、押しつけがましかったら申し訳ないんですけど」

「いや、そんなことはない。驚きはしたが……」

完全に意表を突かれたようで、まだ声はぼんやりしていた。

カイが顔を上げ、まじまじとこちらを見る。その眼光にいつもの鋭さはない。無垢な驚きを宿した双眸に見つめられ、急に照れくさくなってきてしまう。

「まっ、まあ、重いやつじゃないんで、気楽に受け取ってください。おいしいかどうかわかんないし、それにえっと、材料もオーガニックとかじゃないですけど……」

照れと焦りで予防線を張りまくると、カイが「オーガニック？」と首を傾げた。

「アンブローズ・マーケットといえばオーガニック製品だな、と思って」

「ああ、そういうことか。いや、私個人は特にこだわってない」

ならちょっとは安心かも……と思い、デザートスプーンを手渡す。そのときはじめてカイの指が、長く美しいことに気がついた。どこにでもあるステンレスのスプーンが、カイに使われていると高価な銀製品に見えてくる。

「……おいしい」

一口食べて出てきた言葉に、「よかったー」と安堵の声が出た。二口、三口と食べ進めていく姿を見ていると、ふつふつと喜びが湧いてくる。

「バースデーケーキも任されていたが、君はこういうことが得意なのか？」

「いや、全然フツーです。今日は二回もカラメル焦がしたし。得意なのはオレの弟ですよ」

Happy Birthday

丞は本当に器用だ。手際がいいし、センスもある。お手製のパンやクッキーをハウスに差し入れするといつも大人気なので、今回のケーキ作りも実質丞が指名されたようなものだ。

「うちは男四人兄弟で、皆料理するんです。オレ以外はもうプロ顔負け、ってくらいの腕前で。そういうの見てるとやっぱり、アルファってすごいなーって思っ……」

——あ、今の言い方は偏見だったかも。ちょっと自虐も入ってるし。

第二の性にこだわる自分を、昨日反省したばかりなのに。

だがカイはいかにも欧米人らしく、肩を竦める仕草をしながら言った。

「期待を裏切って悪いが、私はまったくできない。食事はほぼ、テイクアウェイか外食だ」

「そ、そうだったんですか」

「湯は沸かせるから、紅茶とコーヒーは淹れられる。あと、トーストも焼けるな」

できないと言う割にはなかなかのものだろう？　と芝居がかった口調で言うので、瑤は遠慮なくくすりと笑った。

「兄弟はアルファなのか。……君以外、全員？」

「はい。オレだけがオメガなんです。早期覚醒のせいで昔は虚弱だったし、兄貴たちは今でもオレに甘いんですよね」

「ああ——なるほど。そういうことか」

「……もしかしてオレ、甘やかされて育った感、出てます？」

だとしたら、成人男子としては複雑だ。が、カイは「そうじゃない」と否定する。

「愛されて育ったことがわかる、と言いたかった。君は誰かのためになにかをすることが、自然と身についているだろう？」

里桜の進路について真剣に考えていることや、発熱した悠真を守ろうとしたことについて、「なかなかできることじゃない」とほめられて瑤はくすぐったくなった。

過保護な育ちをからかわれたり、恥をかいたりした場面はこれまで何度もあったが、そんなふうに言われたのは生まれてはじめてだ。

「このプリンもそうだ。君の心がこもっていて、本当においしい。……ありがとう、若葉」

「――っ……」

不意打ちの微笑みに、どきっと心臓が跳ねた。下手くそな作り笑いでも、からかい混じりの微笑でもなく、ちゃんとした笑顔だ。

――笑ったところ、はじめて見た……。

知らなかった。カイは笑うと、すごく優しい顔になる。

「よっ……、喜んでもらえたなら、よかったです」

見慣れないものを見たせいか、ついつい声がうわずってしまう。カイのほうはもうすっかり、いつもの冷静な顔つきに戻っていた。

「よく考えたら、こうして誕生日を祝ってもらうのは、人生ではじめてかもしれない」

「え……人生初、ですか？」

「祖母はこういうことをするタイプではなかった。両親は……それこそ十歳になるまではパーティーだプレゼントだと騒いでいたが、あれは私が『アルファと信じた次男』だったからだ。数に入れなくていいだろう」

条件つきの愛情を、カイは冷たく切り捨てた。英国に強制帰国させられたあとも、一緒に暮らした期間はほとんどなかったという。

「寄宿学校に入れと言われたんだ。言いなりになるのはしゃくだったが、親元にいるより寮生活のほうがましだと思って従った」

カイはそんなふうに少しずつ、当時のことを話してくれた。

ボーディングスクール卒業後は、そのまま両親が望んだ大学へと進学。すべてはカイを家業に貢献させるために整備された道だった。

「だが最後の最後で、私は両親に背いた。家業とはまったく関係のない企業に就職したんだ」

キャリアのスタート地点に選んだのは、人材系ＩＴ企業。そこで働くうちに優秀なオメガが活躍の機会を奪われていることを知り、独立を決意したらしい。

「旧態依然としたヒエラルキーがいまだに幅を利かせる国ではあるが、時流が味方してくれたんだろう。英国内で一定の成果を挙げるまで、そこまで時間はかからなかった」

「なら、どうして日本に？」

「もともといつかは日本に拠点を置こうと考えていたんだ。抑制剤研究の先進国だし、オメガのＱＯＬ向上のための取り組みも、英国の数歩先を行っている」

Quality Of Life。人生の質と訳される、主に医療分野で使われる概念だ。

ヒートそのものは病気ではないが、生活の質を下げる一因という点で違いはない。ＱＯＬはオメガのあり方を議論をする上で、近年重要視されている指標だった。

「中でも若葉薬品の企業理念──『オメガが自分らしく生きられる社会へ』という一文には、大いに感銘を受けた」

「うちの……？」

「ああ。副作用を大幅に軽減した抑制剤の開発成功は、この理念あってのものだろう。今では日本のみならず、世界中のオメガが恩恵を受けている」

これはどの国でも言える話だが、抑制剤の開発は遅れがちだった。発情は生理現象であり、生命を脅かすものではないとして、予算の振り分けで割を食うのである。

オメガの絶対数が少なく収益性が低いことに加え、「オメガに生まれた以上、発情するのは仕方がない」という固定観念も、その傾向に拍車をかけているのだろう。

そこに一石を投じたのが若葉薬品だった、と語るカイの声には確かな熱が込められていた。

「君が現社長の甥御さんだと、江見さんから聞いて驚いた。まったくの偶然だが、不思議な縁を感じる」

「そうだったんですか……オレは社員じゃないけど、なんか嬉しいですね」

「英国にいる間は『縁』だなんて概念、ほとんど意識したことがないがな。祖母から教わった日本語で、最も好きな言葉のひとつだ」

故郷を追われるようにして渡日したとき、祖母は茫然自失としていたカイに言ったという。

「日本に来たのも、何かのご縁と思いなさい」――と。

はじめはポジティブに受け取れなかったが、日本でさまざまな出会いを経験するうちに、祖母の言う意味がわかるようになってきたらしい。

「藤咲との仕事もそうだ」

そもそも二人は、小学校の同級生だったという。カイの帰国後もメールでやりとりを続け、その後藤咲が英国の大学に留学して再会。鬱屈した大学生活を送っていたカイにモデルの誘いが来たことを知り、「絶対にやったほうがいい」と勧めたのが彼だそうだ。

当時の経験がきっかけで藤咲は日本に戻って芸能の仕事に就き、現在はカイのマネジメントを担当しているというのだから、本当に何がどう転がるかわからない。

――オレがカイさんと会ったのも、縁だよな。

なんて思ってカイの顔を見ると、向こうもちょうど瑶を見ていた。あ、たぶん今同じことを考えてたんだな、と確信する。

ヘーゼルの瞳がふっと細まり、唇がゆるやかな弧を描いた。柔らかい微笑みなのになぜか、肌が静電気を帯びたようにピリッと痺れる。

「……っ」

気のせいであってほしい。けれどなんとなく発熱前の薄ら寒さを感じて、反射的に目を逸らした。

不自然に見えないよう、「そういえば」と別の話題をつなぐ。

「うちの父親も、オメガの登用に積極的なタイプなんですよ。母親を『仕事ができるから』って理由で、強引に自分の秘書に引き抜いちゃって」

周りからは「体調に左右されない人材を選ぶべきだ」と諭されたそうなのだが、父は「やる気も能力もある人物を使って何が悪い」と言い返したらしい。

息子の贔屓目抜きにしても、母は優秀だったと思う。若葉薬品は出産を機に退職していたが、その能力は瑶のステージママとして遺憾なく発揮されていた。

「だから今も父の海外赴任に同行してるんです。本人は弟の受験が終わるまで、日本にいるつもりだったみたいなんですけど」

父が「絶対に来てほしい」と譲らなかったことと、丞が「兄さんたちがいれば平気だよ」と言ったことが決め手になり、母は仕事復帰を決意したのだ。

「そうか……」

それまで微笑ましそうに若葉家のエピソードを聞いていたカイが、ふと真顔になった。

「？　どうかしました？」

「いや……君が進路について抱えている不安は、私の想像よりずっと大きかったのだと思ってな」

「え……？」

急に自分の話題になって困惑する。

どうしてですかと尋ねる前に、カイは疑問に答えてくれた。

「オメガでありながら仕事に邁進する君の母親は、職種は違えど君のロールモデルになりうる存在だ。だが君自身はそう思っていない」

「あ……」

とっさに返す言葉がなかった。カイはその沈黙が肯定だと気づいただろう。

母のことは大好きだし、尊敬している。オメガであっても仕事に打ち込める例として、手本にしようと思えばいくらだってできるはず。

なのに「やろう」と思えないのは、自信も覚悟も足りないからだ。

──それってもう性別の問題じゃない。オレ自身の問題なんだ……。

自分の弱さを突きつけられた気がして、ぐっと唇を噛んだ。情けない。恥ずかしい。鼻の奥がつんと痛くなってきたのを必死に堪え、涙の気配を押しやった。

「……君が納得のいく将来を選べるよう、願っている」

カイは真摯な声でそう言った。それに「はい」と小さく返事をするのが、今は精一杯だった。

会話が途切れて、夜の静けさが浮き彫りになる。

しんとしたフロアに突如、ポーン……と電子音が響いた。二階のエレベーターホールがにわかに騒がしくなる。

別館の宿泊客が戻ってきたのかもしれない、と思ってなんとなくホールのほうを見た瞬間。こちらに向かってくる人々の姿に、瑶はぎょっとした。

「瑶、無事かっ⁉」

「え――……善兄？」

飲食スペースに現れたのは宿泊客ではなかった。歩、善、丞――と、よく見知った兄弟たちだったのだ。

「な、なんで……？　どうして皆がここに？」

「どうもこうもあるか。メッセージの返信は来ないし、電話にも出ない。何かあったと思って当然だろうが！」

善が「見ろ」と差し出したスマホには、若葉家のトークルームが表示されていた。

始まりは丞の【瑶くんから返事来ない】という一言だ。【向こうで何かあったのかも】【何かって何だ】【事故か……事件？】と、スクロールするにつれ会話はどんどん不穏になり、最終的には【現地で安否確認するしかない】という結論に達している。

こんな連続メッセージが届いていたら、瑤のスマホも鳴り止まなかったはずだが……。

「……あっ」

デニムのポケットから出したスマホは、見事に充電が切れていた。そういえば夕方、バッテリー残量が二パーセントくらいだった記憶がある。

「ごめん、バタバタしてたら充電する暇がなくて」

「まったく……充電は余裕を持っておくようにって、いつも言ってるだろう？　ギリギリまで使う癖は直しなさい」

「う、うん。はい……」

——うー、恥ずかしすぎる……。

カイの前で歩に、しかもこんなくだらないことで叱られるなんて、さっきとは違う意味で泣きそうだった。だが「心配したんだぞ」と言われてしまえば、何も言い返せない。

とはいえ、ある程度はこの状況を予想していたのだろう。歩は鞄からモバイルバッテリーを取り出すと、瑤のスマホを受け取ってケーブルを挿した。真っ黒だった画面に、充電開始のマークが表示される。

「えっと……お騒がせしてごめんなさい、カイさん。兄と弟です……」

過保護全開の場面をばっちり見られ、声がしおしおと萎んでしまう。けれどもカイは笑いもからかいもせず、立ち上がって若葉家の兄弟たちに一礼した。

「はじめまして。カイ・アンブローズと申します」

「――！」

流暢な日本語での自己紹介に、兄弟一同、はっと顔を強張らせた。カイが件のアルファだと気がついたのだ。

「ふん……やっぱり来て正解じゃねぇか。安全と信じて送り出したバイト先でまさか、こんな危険な目に遭ってるなんてな」

剣呑な声を出したのは、もちろん善である。

「危険な目って？」

「可愛い弟が、夜中にアルファと二人きり。これが危険じゃなくてなんなんだ？」

「ちょ……善兄、失礼だから！」

充電切れを叱られるのとは訳が違う。なんの落ち度もないカイを悪者扱いされては、さすがに黙っていられない。

「全っ然危険じゃないから。そういう勘違い、マジで迷惑」

「勘違いされたくないなら連絡入れろ」

「いやオレバイト中だからね？　スマホばっか見てらんないし」

「休憩中にメッセージのひとつやふたつ送れるだろ!?」

「最後の夜はやること多くて、忙しかったんだって！」

一瞬、善の顔が凍りつく。

「さ、……最後の夜を過ごす相手に……このアルファを選んだ、っていうのか⁉」

「……っ、言い方！　てかそういう話じゃないから今！」

「――二人とも落ち着いて。善、最後はちょっと論点がずれた」

見かねた歩が間に入り、善を窘める。だが善は「ずれてねぇ」と即座に反論した。

「瑤は昔っからガードが甘いんだ。世間知らずで、すぐ不埒な輩の餌食になる」

「なっ……、オレのこと世間知らずにしたのは兄貴たちじゃん！」

「――若葉」

瑤の肩にとん、とカイの手が置かれた。そのわずかな接触にさえ善が目をつり上げたが、カイは怯むことなく毅然とした顔で善に向き合う。

「申し訳ありません、お兄さん」

「おまえに『お兄さん』と呼ばれる筋合いはない！」

「失礼しました――では、若葉さん」

カイは律儀にも角の立たない呼び方に切り替え、善に頭を下げた。

「軽率な行動をお詫びします。弟さんのご厚意に甘えてつい、こんな時間までつきあわせてしまいました」

「……ご厚意だと？」

「ええ。弟さんは今日が私の誕生日と知って、お祝いをしてくれたんです。それ以上でもそれ以下でもありません」

カイは過不足なく状況を説明し、同時に身の潔白を訴(うった)えた。

たしかに後ろめたいことは何ひとつない。現にテーブルの上には、食べかけのプリン・ア・ラ・モードという確固たる証拠(しょうこ)がある。皿に書かれたチョコレート色の「Happy Birthday」も、きれいに残ったままだ。だが、

——それはそれでショックを受けちゃうかも……。

瑶がアルファのためにデザートを用意し、二人きりで誕生日をお祝いしている。そんなこと、これまで一度だってなかったのだ。

案の定、善は絶句した。

「……嘘(うそ)だろ……」

「嘘ではありません。本当に……」

「いやむしろ嘘だって言ってくれ頼(たの)むから……」

善はみるみるうちに覇気(はき)を失い、へなへなとその場にしゃがみこんでしまった。代わりに口を開いたのは、それまで黙っていた丞である。

「……ねえ。僕が教えたプリン、この人に作ったの？」

「う、うん。そうだけど……」

「…………――……」

声こそ出さなかったが、唇は明らかに「さいあく」と動いていた。表情はスーッ……と白くなり、目から生気がなくなってしまう。

「あ……あのさ、念のため言っとくけど、深い意味はないよ？」

「ええ、そのとおりです」

カイも自分の発言が二人にダメージを与えたと悟ったらしい。兄弟のメンタルをリカバーせんとする瑤の意図を察して、加勢してくれる。

「弟さんには感謝しています。誕生日を祝われて嬉しいと思ったのは、本当に久しぶりでした。とても温かいご家庭で育ったのだと、皆さんを見ているとよくわかります」

「アンブローズさん……」

カイの真摯な言葉に、まず歩が反応した。

「カイで結構です、若葉専務」

「弊社のことをご存じで？」

「もちろん。御社の企業理念には、以前から大変共感しています」

言って、カイは名刺を取り出した。歩も自分のそれを差し出し、慣れた手つきで交換する。

さっきと違いビジネスモードではあるが、カイは若葉薬品への思いを熱く語った。歩はカイのその思いに感じ入ったようで、「ぜひ一度オフィスにお越しください」とまで言っている。

いつの間にかリカバーしていた善も、黙って二人の会話を聞いていた。苦虫を噛み潰したような顔はしていたが、一触即発の空気がなくなっただけでよしとすべきだろう。

……丞だけはまだゾンビのような顔色なので、あとでフォローが必要かもしれない。

「――で。歩兄たち、これからどうするの？　もう電車ないよね」

「ああ。来る途中でホテルが何軒かあったから、そこを当たってみようかと思う」

「え、今から？」

夏休みシーズン真っ只中である。空き部屋なんてあるのだろうか。

「よろしければ、こちらにお泊まりください」

同じ懸念を抱いたのだろう、カイがそう申し出てくれた。

「一般の宿泊客にも開放していますし、遠慮は不要です。研修施設なのでリゾートの趣があるとは言えませんが、不便はないでしょう」

「……ありがとうございます。ではお言葉に甘えて、お世話になります」

歩がお礼を言って申し出を受け入れる。善は眉間の皺を濃くしたが、嫌だとは言わなかった。

「じゃあオレ、そろそろ本館に戻るね」

「ああ……いや、俺たちも一緒に行くよ。江見さんに一言挨拶しておかないと」

「なら私も。そのほうが話も早い」

とカイも言うので、結局五人で戻ることになったその道中。本館まで続く夜道を歩きながら自然と、三対二のグループに分かれていた。

瑤とカイの前を行くのは、歩、善、丞の三人である。肩を落としている末っ子を、兄二人が懸命に励ましているようだった。

「あの……カイさん。今日はみっともないところをお見せして、すみませんでした」

「別にみっともなくはない。君が愛されて育った証拠だ」

私の見立てはやはり正しかった、とカイは言う。だとしてもブラコンすぎると思うのだが、一方で受け入れてもらえたことにほっとしていた。

「いい夜だった。……いい誕生日を迎えることができた。君のおかげだ」

言って、カイは道の途中で足を止めた。先を行く兄弟たちは角を曲がってしまい、瑤とカイの二人だけが取り残される。

「……カイ、さん？」

どうしたのかと訊くより早く、カイが一歩近づいてくる。

「東京に戻ったら、今日の礼がしたい。君を誘ってもいいか？」

「え……」

どくん、と心臓が強く揺れた気がした。兄弟たちの目を盗むかのようなタイミングの接近は、狙ってのものだろうか。

秘密の約束を持ちかけるようなささやきにたじろぎ、後ずさると、カイはそのぶんきっちり距離を詰めてくる。

「返事は？　瑶」

「え……あ、なんで、名前……」

「ご兄弟の皆さんは『若葉さん』と呼ばなければいけない。君のことまで苗字で呼んでいたら、さすがにややこしいからな」

それはそうだ。当然だ。でもこんなときに言うなんて、なんだかすごくずるい気がする。

——けど……嫌じゃない。

なぜか苗字で呼ばれるより、ずっと心地よく耳に馴染んだ。

「……はい。誘ってください」

「では、連絡先を交換しよう」

「は、はい」

——なんか急に積極的になった気が……この人、こんな人だったっけ？

その変わりぶりに、また鼓動が速くなる。兄たちが引き返してこないうちにと、急いでポケットからスマホを出した。

充電が切れていた瑶のスマホは、歩が持ってきてくれたモバイルバッテリーのおかげで電源が入るようになっている。過保護な長兄に感謝したことは、言うまでもなかった。

サマーキャンプから戻って、数日後。

瑤はカルミアハウスで里桜から「留学プログラムの件、カイさんが相談に乗ってくれたよ」と報告を受けた。カイはどうやら瑤の助言を実践し、ぎこちないながらも笑みを浮かべて子供たちに接しているらしい。

江見施設長や職員たちからも、「前より親しみやすくなったわね」となかなか好評である。

その日のバイトの帰り道。アイスを買おうとコンビニに立ち寄った瑤のスマホに、カイからメッセージが着信した。

「え、うそ。すご……」

カイから【先日の礼になれば】と誘われたのは、とあるブロードウェイミュージカルの日本版公演だった。本家本元の人気もさることながら、泣きの芝居に定評がある実力派俳優がコメディに初挑戦するということで、上演決定時から話題だった作品だ。春先に発売したチケットは、たしか即日完売だったはず。

【あります！】

と勢いのまま送ると、すぐに【なら手配しよう】と返ってくる。互いに日時の調整をして、やりとりは数ターンで終わった。

「はー……やった……」

まだ興奮で心臓がどきどきしていた。ただプリンを作っただけなのに、なんだか海老で鯛を釣った気分になる。

——すごく喜んでくれた、ってことでいいのかな……。

そう思うと嬉しいような、ちょっと照れくさいような、不思議な気持ちになった。

スマホをしまうと雑誌コーナーが目に入る。秋物を着た男性アイドルが表紙のファッション誌を見て、ふと素朴な疑問が浮かんだ。

——どんな服で行こうかな……。

観劇のドレスコードという意味なら、気にすべきことはさほどないだろう。問題は同行する相手である。友達でも恋人でもバイト先の同僚でもない、「目上の知人」と出かけるシチュエーションで、いったい何を着るべきなのか。

平日の夜公演を観る予定なので、向こうはおそらくスーツだろう。となるとあまりにラフな格好は気が引けるし、逆に気合いを入れすぎるのも変な気がする。

こういうとき、気軽に聞ける人がいないのが悔やまれる。兄弟に頼るのは論外だ。それに、

——カイさんと出かけるってこと自体、内緒にしないと。

善と丞は反対するに決まっている。歩は「いいよ」と言うかもしれないが、帰りは絶対劇場まで迎えにくるだろう。

今回は誰にも邪魔されたくない——そう考えている自分に驚いた。これまで大学の飲み会を

「内緒にしよう」なんて思ったこと、一度もなかったのに。

——大学の友達と観劇する、ってことにしよう。終わったあとはご飯を食べながら、就活の話を聞くって言えば、怪しまれないはずだ。

計画を練りつつ、家族に秘密を持つ罪悪感で、ちくりと胸が痛む。

アルファと出かけることについても、不安がないわけではなかった。守られてきた自覚があるからこそ、怖い部分もある。

それでも今は不安より期待が上回っていた。サマーキャンプのときみたいに、また二人きりで話せるかもしれない。そんな甘やかな空想で、自然と鼓動が高鳴る。

「あっつ……」

涼しいコンビニの中で、じわ、と汗が滲んできた。まだ興奮が収まらないのか、熱中症でも夏風邪でもないのに、身体が妙に熱い。カイとの外出も控えていることだし、念のため抑制剤の量を増やしておいたほうがいいだろう。

——クリニックの予約入れとこっと。

瑤はもう一度スマホを出すとかかりつけ医のネット予約を取り、兄弟たちの好きなアイスをひとつずつ選んでカゴに放り込んだ。

カイと劇場前で待ち合わせたのは、まだ明るい夏の夕方だった。

観客と思しき人々が公演ポスターの写真を撮り、足早に劇場へと入っていくのを見ながら、瑤はそわそわとカイの到着を待っていた。

服はさんざん迷った末、シンプルなポロシャツを選んだ。いつものデニムではなく黒のチノパンを合わせて、カジュアルすぎないラインでまとめてある。革靴だとカチッとしすぎる気がしたので、買ったばかりのスニーカーを合わせた。おろしたてでも履き心地は悪くない。

――あ。来た……！

遠目でもすぐにわかった。均整の取れた長軀は自然と目に飛び込んでくるし、すれ違った人たちが顔の美しさに驚いて二度見するためである。

カイは予想どおりスーツ姿だった。一日働いたあとだろうに、くたびれた様子は微塵もない。

「すまない。待たせたな」

「い、いえ、全然。お仕事お疲れさまでした」

「君もだ。バイト終わりで来たんだろう？」

「はい」

どうということのない会話も、バイト中ではないというだけで新鮮だった。はしゃぎすぎて子供っぽいと思われないよう、声のトーンを慎重に調節する。

招待者用受付から入ると、ロビーは開演前の高揚感に溢れていた。

キャストに贈られた色とりどりのフラワースタンド。公演グッズを求めて列をなす人々と、それを小気味よくさばく劇場スタッフたち。上品な色合いで統一されたクラシカルな内装は、非日常を演出するのに一役買っている。

案内された座席は、急に押さえてくれたものとは思えないほど見やすくいい席だった。

「このチケット取るの、相当大変だったんじゃ……」

「気にしなくていい。懇意にしてる人がたまたま、制作に関わっていただけだ。藤咲からも君を口説けと言われているし、これくらいは用意しないとな」

「くど……えっ？」

「いいものはどんどん観せて、俳優業に興味を持たせてくれと。あいつはまだ君を諦める気はないそうだ」

「あっ、ああ。そういう……」

一瞬、焦ってしまったのが恥ずかしい。……気づかれていませんように。

隣りあって座ってみると、思いのほか距離が近かった。それを自覚したのは、ふわりと淡いシトラスのフレグランスが香ったからだ。

そんなことに気づくなんてまるで、親しくなったように錯覚してしまう。

――うう……これって完全に、勘違い男の思考……。

カイといるだけで調子が狂い、いつもの自分じゃいられない。平常心、平常心……と心の中で唱えつつ、無難な世間話で開演までの時間をつなぐ。

だがそれも、ベルが鳴り、幕が上がるまでのことだった。

鼓動と同期する軽快なリズム。心を浮き立たせるメロディ。ダンサーがドレスの裾を翻し、朗らかな歌声が客席を包み込む。

華やかなオープニングが始まると、もう余所事を考える暇は一秒たりともない。笑って、泣けて、大満足の一時間四十分だった。

──すごかった……。

終演後のアナウンスが流れたあとも、瑤はなかなか立ち上がれずにいた。

舞台は子役時代の記憶と直結している。だからどうしてもドラマや映画と比べると、楽しむ機会が減っていた。

けれどそれは間違っていたと思う。今この胸を満たすのは罪悪感でも悔しさでもなく、最高の物語を味わえたという喜びだった。

時間薬もあるだろう。だが真に記憶を塗り替えたのは、エンターテインメントの力だ。

「──どうだった？　と訊くのも野暮か」

「最高でした……最初から最後まで、ずっと」

見てくださいこれ、と拍手しすぎて赤くなった手のひらをカイに見せると、その口元に淡い笑みが刻まれた。

「カイさん。今日は連れてきてくれて、どうもありがとうございました」

「どういたしまして。――すまないがこのあと少し、楽屋に寄ってもいいか？　挨拶したい人がいるんだが」

「はい、もちろん」

　カイの後ろについて、楽屋受付で手続きを済ませる。瑤も通行証をもらったが挨拶は遠慮し、外で待たせてもらうことにした。

　楽屋が並ぶ廊下には公演の余韻が漂い、出演者とスタッフに加え、出演者を訪ねる人たちでそこそこ混雑している。邪魔にならないよう端に寄ると、横から「あら？」と女性の声がした。

「……もしかしてユーリくん？」

――え？　……オレ？

　子役時代の芸名で呼びかけられ、まさかと思いつつも振り返る。ニュアンスグレーの華やかなスーツを纏った女性が、「やっぱり！」と目をしばたたいた。どうやら人違いではなく、瑤に声をかけたらしい。

「久しぶりねぇ……こんなところで会うなんてびっくりしちゃった。あ、覚えてる？　私」

「えっと……」

　顔覚えはそこまで悪くないが、名前が出てこない。

　レイヤーが入ったミディアムヘアに、しっかりめのメイクが施された顔。雰囲気からいって瑶の母親と同年代のようだが――。

「わからないかぁ、それもそうよね。最上凌平の母よ」

「あ――え、凌平のお母さん……！」

言われて、十三年前の記憶が一気に押し寄せる。

最上凌平は舞台『風花物語』で瑶とダブルキャストを務めた子役で、彼女はその母親だ。

当時の凌平はまさに売れっ子で、実力もキャリアも瑶とは雲泥の差だった。『風花』では育成型のオーディションが行われたのだが、今後の伸び代を考慮して合格をもらった瑶とは違い、凌平は「明日にでも舞台に立てそう」だと評価されて選ばれたと聞いている。

瑶と同学年の凌平は現在、将来を期待される若手俳優の一人だ。その中でも頭ひとつ抜けた演技力と存在感で、高い評価を受けている。母親は子役時代からやり手のステージママだったが、現在は正式なマネージャーを務めているらしい。

「やぁね、そんなに驚いて。私そんなに老けた？」

「いっ、いえ。そんなことは」

「大きくなったわね。もうあれから……え、十三年？　せいぜい五、六年くらい前に思えるわ。あのときは本っ当に大変だったから、よく覚えてるの」

「………」

ほんっとうに、と実感を込めて強調され、瑶は返す言葉もない。瑶の降板後、舞台に開けた穴を埋めてくれたのは、ほかならぬ凌平なのだ。

「まあおかげで名前は売れたし、業界でも評判が取れて、いいこともあったわよ？　でもね、あの子にかかった負担は相当だった」

「もちろんです。凌平にはすごく感謝してるし……それに、申し訳ないと思ってます」

「申し訳ない、ねぇ……。それは当然そうでしょうけど。いくら謝ってもらったところで、取り返しのつかないこともあるのよね」

含みのある言い方だった。だが降板以外に迷惑をかけた心当たりはなく、反応に困る。

「えっと……すみません。オレ、何かしましたか？」

「『風花』が終わってすぐ、あの子に海外からオーディションのオファーがあったのよ。もしそこで選ばれていたら、大きな転機になったでしょうね」

選ばれていたら――ということはつまり、

――そのオーディションはだめだったってことか……。

結果を察した瑤の顔を、凌平の母親が睨み据えた。「誰のせいかわかってるの？」

「……え？」

「地方公演まで一人でこなした疲労が祟ったんでしょうね。あの子は現地のオーディションで、全力が出せなかったのよ。万全の状態だったら確実に合格してた。当初のスケジュールどおりの稼働ならね。元凶のあなたに他人事みたいな顔してほしくない」

「――っ……」

吐き捨てるように言われ、ショックで立ち眩みがした。

――凌平が落ちたのはオレのせい？　いや、でも……。

冷静な自分は「違う」と言っている。海外オーディションは舞台が終わったあとのことで、瑤とはなんの関わりもない。

だが、一パーセントも責任がないと言い切れるだろうか？　瑤が凌平の心身に負担をかけてしまったのは、まぎれもない事実なのだ。

無言で立ち尽くす瑤のそばに、「ねぇ」と凌平の母親が近づいてくる。

「あなた、オメガなのよね」

「……！」

周囲を憚るような小声だったが、瑤の耳にははっきりと届いた。

なぜ、彼女が瑤の性別を知っているのだろう。秘密を握られているという驚きと恐怖で、にわかに動悸が速くなる。

「なんでこんなところでウロウロしてるの？　もう引退したんでしょ、知り合いでもいるの？　まさかとは思うけど……業界に未練がある、とか？」

「いえ、ちが……」

「あは、勘弁してって感じ……オメガって評判悪いのよね、出役からも裏方からも」

だってスケジュール組んでも、ヒートが来たらおしまいだもの。ひどいときはドタキャン。そりゃ、使いたくないに決まってるわよね。現場でフェロモン撒き散らされても困るし。それに性的なイメージがあるのもちょっと……ねぇ？　クレームがついたら大問題でしょ？　——と、立て板に水のようにオメガを貶める言葉を垂れ流した。

「あ、ごめんねぇこんなこと言って……」

と悪びれない顔で謝罪めいたことを口にしかけたが、それさえも途中でかかってきた電話を優先して最後まで言わなかった。

「……あ、凌平？　もうお店着いた？　ママももうそっち行くわ、まだ劇場だけど。……そうよ、先生がまだお客さんに捕まってるの。じゃ、あとでね」

その口ぶりから通話相手が凌平だとわかった。これは悪夢ではなく現実だと、まざまざと思い知らされる。

「さて、もう行かないと。これから大事な顔合わせなの」

言って、優越感たっぷりに口角を上げる。それじゃあねと踵を返した後ろ姿を、瑶は呆然と見送るしかできなかった。

「——悪い、思ったより時間がかかって……瑶？」

カイが挨拶から戻ってきたのは、それからほんの数分後だった。

「顔が真っ青だぞ。何があった？」

「……、え、っと……」

大丈夫です、なんでもありません――と言いたいのはやまやまだったが、さすがに無理だった。洪水のような悪意を浴びせかけられ、ショックで頭が働かない。

「ひとまずここを出よう」

ふらつく足取りで劇場を出ると、外はもうすっかり暗くなっていた。

横断歩道を渡って一分ほど歩き、都立公園に入る。日中は憩いを求める人やランニングする人たちで賑わう場所だが、夜は人影もまばらにしか見えない。近隣のオフィスビル群の灯りが濃紺の空に映えて美しい夜景を作り出しているが、今はなんとも思わなかった。

ベンチに腰かけるなり、カイが口を開く。

「教えてくれ。いったい何があった？」

「……偶然、昔の知り合いに声をかけられました。同じ舞台に出てた、子役のお母さんに」

「舞台？」

「サマーキャンプのとき少しだけ話しましたよね。八歳のときに出演した舞台で、大勢の人に迷惑かけちゃったって。……カイさんは『風花物語』って知ってますか？」

「……え？」

「舞台の原作が、その児童文学なんですけど――」

「あ――ああ、もちろん知っている。八歳なら……ひょっとして、人狼の少年役か？」

「はい、そうです」

海外でも賞を獲るような有名作品だけあって、カイも読んだことがあるようだった。

「大役じゃないか。君の代表作だな」

「いえ……オレの立場じゃそんなこと言えません。初舞台を踏んだ日のカーテンコール直後に、高熱が出て入院して……そのまま降板しました。オメガだってわかったのは、そのときです」

「――……」

カイは、言葉もないといった表情で黙った。

「ダブルキャストだったから公演自体は続きました。さっき楽屋前の廊下で会ったのは、オレの開けた穴を埋めてくれた、『最上凌平』っていう子役の母親です」

「……その人は君に、なんて？」

「凌平はオレの穴埋めをしたせいで、大きなチャンスをふいにしたって。海外からオファーがあったオーディションを、万全の状態で受けられなかったって言われました」

「……は？」

カイは怒りと呆れが半々の声を発した。

「何を馬鹿な……その母親、正気か？　君はなんの関係もないだろ」

「でも……凌平には才能がありました。オレが予定どおり出演できてたら、いい状態でオーディションを受けられたかも」

「そんなの向こうの問題だ。第一、万全のコンディションで臨んだところで、受かるかどうかなんてわからない。お門違いの逆恨みだ」

気にしなくていい、とカイは言い切った。だが、瑠はとてもそんなふうには割り切れない。

「無理ですよ。オレが凌平に迷惑をかけたのは事実です」

「体調不良で役者が交替するのは仕方ないことだ。そのためのダブルキャストだろう」

「一、二回の交替ならともかく、残りの公演全部ですよ？　オレには仕方ないなんて言えない。それにオレは……病気じゃなかった」

「……、それは」

「オメガでさえなければ、誰にも迷惑かけなかった。凌平の母親にも言われました。オメガは業界でも評判が悪い、もし未練があるなら勘弁してほしい、って……」

「――待て。その母親はなぜ君の性別を知ってるんだ？　降板の理由が早期覚醒だと、マスコミに発表してたのか？」

「いえ、表向きの理由は急病でした。なんで知ってたかはわかりません」

契約が絡んでくる話なので、主催者側の幹部や主要なスタッフには真相が伝えられただろう。自分の情報が軽く扱われたとは思わないが、どこからか漏れていても不思議ではない。

だが情報の入手経路など、瑠にはどうでもいいことだ。

「オレは何も言えませんでした。だって、全部本当のことだから」

「全部って何がだ。業界の評判なんてそんなの、その母親が勝手に言ってるだけだろう」

「でも……そのとおりだと思います」

「――なぜそう決めつける！」

「ヒートのせいでスケジュールが組めないから誰も使いたがらない。現場でフェロモンを撒き散らされたら困る。性的なイメージはクレームにつながる……。どれも事実ですよね？」

「――それを……言われたのか？」

　瑤がこくんとうなずくと、カイは母国語で短く侮辱語を吐いた。そんな言葉を使う人じゃないのに、思わず口をついて出たのだろう。

「ありえない、なんだその女は……！　いいか瑤、そいつの言ったことは完全に偏見だ、信じる必要は一切ない。ヒートとつきあいながら芸能界で活躍するオメガなんていくらでもいる。皆が皆性別を公表するわけじゃないから、情報が表に出にくいだけだ」

「でも……、凌平の母親と同じように思ってる人が、たくさんいたら？　ヒートのせいで仕事に穴を開けたらオレは……、また皆に迷惑を……」

「役者の採用基準は、第二の性別なんかじゃない。それは君も知ってるだろ。だいたい仕事で他人に迷惑をかけない人間なんていない、そんなのオメガもアルファも同じだ。今はいい薬もある。君のご家族が研究開発し、生産している素晴らしい薬が」

　カイの言葉は冷静で、真っ当で、とても誠実だった。凌平の母親を批判し、言葉を尽くして瑤を励ましてくれる。

でも、だめだった。凌平の母親の声が耳にこびりついて離れず、自責の念に囚われて身動きが取れなくなる。

「人の将来潰しといて……オレがまた俳優になりたいなんて、言えるわけな……」

「──っ、瑤」

最後まで言い終わらないうちに、ぐっと肩を寄せて抱きしめられた。そうされてはじめて、身体が震えていたことに気づく。

「君は悪くない。……悪いのは……」

その続きを聞くより先に、頭をシャツの胸元に押しつけられた。髪を撫でる手の優しさに目を閉じると、冷たい悲しみが溢れて嗚咽が漏れそうになる。

この温かくて広い胸に、すがっても許されるだろうか。

「カイさん……」

救いを求めて名を呼べば、より強い抱擁で応えてくれる。頭と背中に回されている手は、瑤を守る砦のように思えた。

幼子みたいに甘えて顔を埋めると、ドライな香りが鼻をくすぐる。シトラスからウッディに変化した芳香に混ざって、カイの肌の匂いを感じたその瞬間だった。

「っ……！」

まるで発作のように心臓が脈打ち、全身の血が沸騰したかのごとく熱くなる。にわかに呼吸が乱れ、さっきまで冷えていた肌に汗が噴き出した。

「う、あっ……」

「……瑤？」

異変に気づいたカイが、身体を離して様子を窺う。

「これは……」

高く整ったカイの鼻梁がすん、と動いた。そのわずかな動きで、自分がフェロモンを発していると知る。

熱は下半身へと集中して流れていた。両脚の間がうずうずと疼き、それをごまかそうとするとどうしても前屈みになってしまう。

――これが……発情……？

何かの間違いであってほしいと切に願った。よりによってどうして今？　と嘆いても、熱は一向に治まる気配を見せない。

カイもこれが単なる体調不良ではなく、発情だと確信したようだった。

「大丈夫か。抑制剤は？」

「の……、飲みました。ちゃんと、飲んでるのにっ……」

自己管理のできない、だらしないオメガだと思われたくない。だがそんな瑤を嘲笑うかのように、身体の内側から熱い欲望が湧き上がってくる。

「とにかく移動しよう。歩けるか？」

こくこくとうなずいて、ベンチから立ち上がった。昼間に比べたら閑散としているとはいえ、開けた場所では人目についてしまう。

近くのパーキングに車を停めているというので、よろけそうになる脚に力を入れてどうにか歩いた。カイに促され、車の後部座席へと乗りこむ。

「突発性ヒート用の薬は？」

運転席に座ったカイが、落ち着いた声で尋ねた。

発情抑制剤には即効性のあるタイプもあり、突発性ヒート用というのがそれに当たる。だが、基本的に発情経験済みのオメガに処方される薬なのだ。

「も、持ってない、です……はじめて、だから……」

「はじめて？」

ルームミラーに映るカイの眉が、怪訝そうに動く。

「発情したことがないのか？　これまで一度も？」

「っ、はい……ずっと、薬で抑えてました。ヒートが、来ないように……」

人より早くオメガだと宣告されたぶんだけ、受け入れるための時間はたくさんあった。身体は発熱を繰り返すことで、「おまえはオメガだ」と教え続けていたのだから。

頻繁に熱を出していた時代は、苦しかった。だがその一方で、それを言い訳にしていたことも事実だった。

これは発情じゃない、〈発熱〉だ。自分は人より少し虚弱なだけの、普通の子供なのだと。

大人になりたくなかった。だから、薬を使い続けていた。「オメガだから」という理由で夢を諦めようとしていたくせに、オメガである自分を受け入れられなかったのだ。

抗いがたい性的な欲求が、下腹部をずくんと重くする。発情の熱は身体だけではなく、思考までも侵食しつつあった。

じんじんと疼くそこを触りたい。触って、気持ちよくなりたい。カイがすぐそばにいるのに、

――絶対、絶対だめなのに……わかってるのに……。

自制心というブレーキが壊れかけている。

「く……、あっ……」

「――家まで送ろう。住所は？」

唇を噛んでいても漏れてしまった声に、カイの声が重なった。急を要する事態だと判断したのだろう、さっきよりも緊張感を帯びている。

――家に、帰る……？　こんな状態で？

歩、善、丞――と、兄弟たちの顔が頭に浮かび、一瞬我に返る。すると、自分でも驚くほど強い拒否感が芽生えた。

「いっ……嫌です」

「だが、このままでは――」

「こんな……こんなの、知られたく……ないからっ……！」

こみ上げる羞恥心と悔しさで、鼻の奥がつんと痛くなる。

ヒートが来たことを家族に隠すのは無理だ。そんなの百も承知だが、それでもまだ認めたく

ない。……知られたく、ない。

「…………わかった」

長い逡巡のあとで、カイはキーを回した。車がゆるやかに走りだす。

行き先は訊かなかった。否、訊く余裕はなかった。家に帰らずにすむことに安堵した途端、

また欲求が強く脳に訴えかけてきたのだ。

――触りたい……。じんじんしてるところ……。

チノパンの上から、張りつめたそこにそっと触れた。手のひらで形をなぞるようにすると、

ぞくぞくするほどの性感が走る。

こんなことしちゃだめだ、と戒める冷静な自分がいた。けれどその一方で「どうせ死角だ、

見えやしない」ともう一人の自分が唆してくる。

――気持ち、いい……、何、これ……？

一度触ってしまうと止まらなかった。軽く撫でているだけで、頭がじんと痺れてくる。

「んん……」

「――……」

声を出してしまうと、運転席から息を呑(の)む気配がした。途端、車がぐっと速度を上げる。

バレたと思うと躊躇(ちゅうちょ)が勝(まさ)り、さすがに手の動きが鈍(にぶ)った。だが我慢(がまん)すればするほど、欲望は膨(ふく)れ上がる。

――熱い。苦しい。早く、触りたい……触って、ほしい。

エスカレートした性欲が、あさましい期待に変わった。身の裡(うち)にひそむオメガ性をありありと感じ、絶望にも似た気持ちでぎゅっと目をつぶる。

十分ほど走ったところで、車はマンションの地下駐車(ちゅうしゃ)場に入った。先に車を降りたカイの手で後部座席のドアが開けられ、降りようとしたところを問答無用で横抱きにされる。

「あ、待っ……」

「もう歩けないだろう」

実際まともに歩く自信がなく、言い返すことができなかった。駐車場の出入り口は住戸と直結しているようで、人目につかずにエレベーターまで移動する。

連れ込むような真似(まね)をしてすまない、という台詞(せりふ)でここがカイの自宅だと知った。

車中では景色を見る余裕がなかったので立地は不明だが、五階までの階数表示と、美術館のように洗練された内装を見るに、高級低層マンションと呼ばれる物件だろう。

玄関の鍵を開けると、瑤は靴も脱がされず横抱きのまま運ばれる。

直行した先は寝室だった。

——っ……！

ここに来た理由を考えれば不自然ではない。けれどあまりに即物的だ。

大きなベッドにおろされスニーカーを脱がされながら、情けなくて泣きそうになる。しかもカイは「ここを使っていいから」と言い捨てて、さっさと出ていこうとするのだ。

「待っ……待ってください。使っていいって……」

「……ヒートを治めるには、熱を発散させるしかない」

カイは直接的な言い回しを避けたが、つまりこの部屋で自慰をしろと言っているのだ。射精さえしてしまえば、ひとまずは落ち着くからと。

——わかってる。わかってるけど……。

急な発情への対処としては、これ以上ないほど適切だった。安全とプライバシーが守られた部屋なら、安心して行為に没頭できるだろう。でも、そんな簡単には割り切れなかった。

他人の寝室で自慰なんてできない——だけどもう、我慢するのは苦しい。したいけれどしたくない、そんな矛盾に苦しむだけの理性が、まだ生きているのだ。

それに——。

——カイさん。発情してから一度も、目、合わせてくれない……。

声も、態度も、急に冷たくなってしまった気がした。今も、「一刻も早く立ち去りたい」と言わんばかりに背を向けられている。

「やだっ……い、行かないで……」

心細さに耐えきれない子供のように、とっさにスーツの上着の裾を摑んでいた。

「――っ、瑤」

「オレ……気持ち悪いですか？　オメガはやっぱりいやらしい、って思いました？」

「馬鹿な……そんなわけないだろう！」

「だってさっきから……こっち、全然見てくれないしっ……」

堪えていたものが、ぽろっ、と眦からこぼれる。ここまで親切にしてもらってなお、拗ねて不満を言うなんて本当に子供みたいだった。

「違うんだ、瑤。そうじゃなくて」

「違うって、何がです……？」

「私は、アルファだ」

わかりきったことを言うカイは、なぜかひどく苦しそうだった。

「でも……カイさんは、抑制剤を……」

「ああ、今朝も点滴を入れてきた。だが、まったく効いている気配がない。君の蠱惑的な香りを今、眩暈がしそうなほど感じてる――」

「……っ！」

そこまで言われてようやく、態度を変えた理由がわかった。はじめのうちは瑶のフェロモンを感じても平気そうにしていたのに、今はアルファとして反応しているのだ。

――なら……カイさんも、そういう気分になってる……ってこと？

ぞく、と。背筋が喜びで震えた。

視線は自然と下がり、カイの腰で止まる。窮屈そうなそこを見て、胸がきゅんと疼いた。

「待て、だめだ……」

焦る声を無視して、瑶はそこに手を伸ばした。布地越しでもその屹立の大きさと硬さが、はっきりと感じられる。

「カイさんも……大きく、なってる」

「……っ」

カイがさっと身を引こうとする。その手をぐっと掴んで引き止めた。

「……して、ください」

考えるよりも先に、そう口に出していた。

こんなことを言いだすなんてどうかしてる、と呆れる声が脳内に響く。だがもう自分を制御するのは不可能だった。

「お願い……一人じゃ、できないっ……」

「瑤……」

やっと、やっとこっちを見てくれたカイの瞳は、劣情で潤んでいた。その目で見つめられると全身の血が滾り、それだけでいってしまいそうになる。

「……オメガに惹かれるのは、アルファの本能だ」

カイの声色が変わっていた。

「強靭な精神力をもってしても、抑えがたい衝動がある。だからこそ細心の注意を払ってきたつもりだし、事実これまではうまくいっていた。……君に会うまでは」

「オレ、に……？」

「そうだ。——無垢なふりして俺を誘う、怖いもの知らずの君に」

はじめて聞く素の一人称と、声に滲む欲情でぞくりと肌が粟立った。耳朶に近づいてきた唇が、ひそやかにささやいてくる。

「手加減する自信はない……それでも、いいか？」

「……いい……」

手加減なんてしなくていい。してほしくない。

こくんとうなずいたのを見るや否や、カイはベッドに乗り上げて瑤を組み敷いた。

チノパンのボタンを外し、ファスナーを引き下ろす。そのまま足を引き抜かれると、ライトグレーのボクサーパンツにできた淫液の染みをなぞられた。

「もうこんなに濡らして……」

「あ、あっ……」

発情の熱を溜めて膨らんだ先端を、布越しに撫でられてびくびくと腰が浮く。些細な刺激にいちいち反応し、先走りで染みを大きくするさまは、我慢できずに泣いているようだった。

もっと強くしてとねだる代わりに、「ん、あ」と甘えた声が出る。するとカイは指先に軽く力を入れて、下着の上から雄をこすった。

甘やかな性感が生じた刹那、腰に電流にも似た痺れが走る。

「やっ……あっ！」

下着の中でどくん、と雄が弾けた。

直接触られたわけでもないのに、あっという間に達してしまい呆然とする。

「っ……はあ……」

絶頂の反動でふるふると身震いする瑤を見て、カイは艶然とした笑みをその唇に刻んだ。

「刺激が強すぎたか？」

「そ、んな、こと……」

「なら、もっと激しくしてほしい？」

「っ……」

ベッドの上のカイは、いつもと全然違った。

無愛想で、不器用だけど優しい――そんな顔はちらとも見せない。オメガである瑤の欲求に触発され、一人のアルファ雄として欲情している。

意地悪で、いやらしくて――ものすごくかっこいい。

「して、ほしい……」

瑤がそうおねだりしたのと同時に、汚れた下着が取り払われた。

ぷるん、と飛び出した雄は射精したばかりだというのに少しも萎えておらず、カイは「元気なことだ」と淫靡な感想を漏らした。

もったいぶった手つきで、瑤の雄蕊に触れてくる。他人の手に委ねるのは当然はじめてで、その生々しい感触にやっぱり「あぁ」と声が甘くぶれた。

根元から先端まで、行ったり来たりで扱かれる。そのシンプルな動きこそ、瑤が待ち望んでいたものだった。

「ん、あっ、あ……あぁ」

気持ちがよすぎて、自然と泣けてきてしまう。括れをこすられると先走りでぬめり、手淫は激しさを増した。熱く硬くなる雄に徐々に思考がのっとられ、ほかのことは何も考えられない。

「ん、きもち、い……あっ、あ……」

この快感を永遠に味わっていたい。なのにまた、覚えのある感覚が突き上げてくる。

やだ、だめ、でちゃう……とぐずぐず言いながら悶えていると、我慢のきかない自身がぴゅっと白蜜を噴いた。

「っ……は、あぁ……！」

浜に打ち上げられた魚よろしく、ぴくぴくと全身がわななく。途端、とろりと後孔から染み出してくるものがあった。

「……っ」

雄を受け入れる身体になる男性オメガは、性的興奮に伴い後孔から粘液を分泌する。ほしがっているサインを突きつけられ、その露骨さに怯んだ。だが反射的に閉じようとした脚は、ぐいっと開かれてしまう。

「カイさんっ……」

「前だけじゃ足りないだろう？　後ろが物欲しそうに泣いてる」

「やっ、あぁ……」

挑発するような視線を感じ、蕾がひくりと反応した。未知の刺激を待ちわびて、うずうずと収縮している。

「……暑い」

カイは小さくそう呟いて、エアコンのスイッチを入れた。スーツの上着を性急な仕草で脱ぎ捨てる、いつもの上品さとは真逆の荒々しさに胸が高鳴る。

ベストは着たままとはいえ、ネクタイをゆるめた格好はいかにも情交前の風情で、アルファ

のオーラと相まって瑤を昂ぶらせた。

カイの端整な顔が、股座に近寄ってくる。「えっ」と思ったのと、その唇が瑤の屹立に吸いついたのは、ほとんど同時だった。

「あ——うっ、待っ……だめっ……」

ちゅうっと音を立てて鈴口を吸い、漏れた白濁を舐め取っていく。ねっとりした舌遣いは、二度達して敏感になっていた雄には、たまらなく強い刺激だった。

口淫の衝撃も冷めやらぬうちに、閉じた蕾に指が押し当てられる。

「ひあっ……」

驚きとくすぐったさで腰が逃げた。が、すぐに引き戻されてされるがままになる。

「あぁ……んっ、くっ……」

蕾は軽く押し揉まれただけで、汁を滴らせて指を受け入れた。

男性オメガの性交は後ろを使う。その知識はあっても、衝撃が軽減されるわけではなかった。

そんなところ、汚いし恥ずかしい。だが奥がじんじんと疼いているのもまた事実で、襞は「早く、早く」と言いたげに柔らかくうねっていた。

「こんなに絡みついて……指が持っていかれそうだ」

淫液を纏った長い指がつぷりと奥へ侵入する。抜き差しのたび襞にこすれて、淫らな摩擦熱がさらに身体を火照らせた。

「あっ、んん……や、あぁ」

　自分のものとは思えない、甘い嬌声が止まらない。雄をこすり立てるのとは違う濃密な快楽に、ただただ翻弄されるしかなかった。

　大きく広げた自分の両脚が、涙でぼやけた視界に映る。なんて格好をしてるんだろう、と己を客観視する余裕がまだ残っていた——カイの指がそこを突くまでは。

「っ！　い……あっ、やぁ！」

　強烈な官能に腰を貫かれ、眼前に火花が散る。

　——何これ……？

　そこばかりを重点的に攻められ、ぷちゅ、ぷちゅっとはしたない水音が耳を打った。頭は芯までどろりと溶けて、躊躇は興奮に上書きされていく。

「っん……あ、あっ、ん」

　規則的に抜き差しされる指は、否応なしに性交を想起させた。

　だが、これでは全然足りない。もっと熱く大きなものが必要だと、濡れてほどけた蕾が切実に訴えている。

「瑤……」

　せつなげに名前を呼ぶカイの眦はほの赤く染まり、ヘーゼルの双眸には、情欲の焔が煌々と燃えていた。

望むことは互いにひとつだと、その目を見ればよくわかる。

──いれて、ほしい……。

とろんと後蕾が潤むのを感じて、カイの視線の先で腰を揺らした。瑤自身がふるりと待ちかねるように震え、生唾を呑んだカイの喉が上下する。

身体は濡れて抱かれる準備を調えていた。早くカイのものを奥まで挿れて、思いきりこすってほしい。

己の欲求を言葉にしようと、唇を開き──。

「……え、て……」

こぼれ出たのは舌っ足らずの、しかもひどく掠れた声だった。さんざん啼かされて渇いた喉では、うまく発声できなかったのだ。

肉欲を満たそうと必死な、みっともない声。ぐらぐらと煮えていた頭が、差し水でもされたように急速に冷えていく。

──オレ、今、なんて……？

言おうとしたことを反芻して、不意に恐怖心がこみ上げてきた。

こんな自分は知らない。我を忘れて喘ぎ、雄を求める自分は。

「っ……」

「……瑤……？」

カイが訝しげな顔をする。瑶の身体はまだ熱を持ったまま、待ちきれないと急かしてくる。なのに、

「こわ……い……」

最後の、たった一パーセント残った理性が、瑶にそう呟かせた。

「瑶……」

カイが熱い吐息混じりで名前を呼ぶ。困惑が声色に表れていた。

アルファの衝動を止めるのは無理だ。最初に手加減できないとカイは言い、瑶もそれでいいと承諾した。

オメガである瑶も同じで、身体は挿入を待ちわびている。後孔はカイの指をきゅうきゅうと食んで放さない。

だが、どうしてもそれ以上先に進めなかった。雄を求めている自分を認めたくない。

自分が自分じゃないみたいで、恐ろしくてたまらないのだ。

「ごめん……なさい。ごめ……ん……」

淫熱を持て余しながらも、ぽろぽろと涙がこぼれてくる。カイはすい、と顔を近づけると、なだめるように唇でそれを吸った。

「あ……っ」

「──心配するな。今夜は……抱かない」

静かに、しかしきっぱりと言い切る。

「だがこのままだとつらいだろう？　だから……」

私にまかせておけばいい——そう言った声はもう、平静を取り戻していた。

カイはいったんベッドから降りて、クローゼットを開けた。取り出したのはハンカチで、目を閉じるよう促されて従うと、それでゆるく目隠しをされる。

「カイ、さん……？」

「怖がらなくていい。大丈夫だ」

「え、あっ……ん」

視界が奪われたことに戸惑いつつも、再度指が蕾に差し入れられると、それどころではなくなった。すでにとろかされていた隘路で、指が妖しく蠢く。

「っ、ん……あ、あっ」

いいところをぐりぐりと抉るようにされると、まるでカイの劣情に突かれているような錯覚を覚えた。そこ、もっとして、気持ちいいと、ふしだらな言葉さえ口にしてしまう。

目隠しをされた意味がわかった。閉ざされた視界の中でなら、瑤はオメガのままでいられる。内なる欲求に従い、己を解放することができるのだ。

「あっ、あ……んっ、あぁっ……！」

ひときわ鋭利な官能に貫かれ、身体が大きく跳ねた。

三度目の絶頂を経てようやく、熱波のような性欲が引いていく。

「……っ、はあ……」

胸を上下させ、吸って、吐いてをくり返した。目隠しは速やかに外され、ぼやけていた理性の輪郭が戻ってくる。

床に散らばった衣服に、乱れたベッド。汗と精液に塗れた肌。目に入るものすべてが、容赦なく羞恥心を刺激した。

——これが、発情……。

瑤は男だ。だが今夜欲していたのは明らかに「雄」で、「抱かれたい」と心から思っていた。剝き出しの本能に理性をのっとられ、オメガは淫獣だと蔑まれる所以を思い知る。

「っ……うっ……」

堰を切ったように涙が流れ、止まらない。

これからの社会生活を思うと、不安と恐怖で胸が塞がりそうだった。

俳優だの、芸能界だのという話じゃない。どんな職場であろうと、働ける気がしなかった。

「どうし、よう……っ、もう、こ……こんなんじゃ……、な、何も、できないっ……」

「……瑤、泣くな。大丈夫だから」

身体を丸めて泣きじゃくる瑤を、カイが優しく抱きしめてくれる。

「だ、大丈夫って……な、なに、が？」

「今ははじめてのヒートで混乱してるだけだ。君ならなんだってできる。ヒートになっても君は君なんだ」

違う、でも、やだ、と頑是ない子供のようなことしか言えなくなった瑤に、カイは辛抱強く語りかけてくれた。

大丈夫。君ならできる。穏やかな声でそう何度もくり返して。

涙はしばらく止まらなかったが、カイの言葉は静かに心に響いていた。

夜更けのリビングで、来客を告げるインターフォンが鳴る。ソファに座っていた瑤は、ぴくっとその身を竦ませた。

「はい。――ええ、そのまま上がってきてください。お願いします」

応対するカイは冷静だった。モニター越しの通話を切り、来客の到着を待つ。

「こんばんは。夜分に失礼します」

やってきたのは歩だった。この時間まで残業していたのか、朝と同じスーツを着ている。

「来客用の駐車場は、すぐわかりましたか？」

「はい、問題なく。このたびは弟がご迷惑をおかけして、申し訳ありませんでした」

「いえ、とんでもない……こちらこそ、申し訳ないことを」

歩が謝ると、カイはさらに深く頭を下げた。そんなことをさせたくなくて、思わず「やめてください」と立ち上がった。

「悪いのはオレですから……カイさんのせいじゃない」

「……おまえも何も悪くないよ」

歩が優しい声で言う。門限破りの弟を迎えにきた兄の声は、ちっとも怒っていなかった。

歩を呼んでくれたのはカイである。

瑤にシャワーを浴びさせて替えの下着を用意し、気持ちが落ち着くのを待ってから、電話で事情を話してくれたのだ。

最初は一人で帰れると主張したのだが、それだけはありえないと窘められた。発情直後のオメガの一人歩きなど、あまりにも危険すぎると。

『私が送っていくのが筋だが、それはそれで別の問題がある』

カイが若葉家まで同行すれば、兄弟全員の前で、門限破りの釈明を求められるだろう。発情したことを隠し通せるとは思えなかった。ましてやどうやって発散したかなんて、口が裂けても言うわけにいかない。

カイは『専務に来てもらうべきだ』と瑤を諭し、最終的には瑤も納得した。長兄一人に打ち明けるほうが、まだましだと思ったのだ。

「お気遣いいただいてありがとうございました、カイさん。お礼はまたあらためて」

「お気になさらず、専務。遅いので、気をつけてお帰りを。――瑤も」

「……はい」

「――………。行くぞ、瑤」

　来客用の駐車場には見慣れた兄の車があった。歩が「おまえを乗せて走るの久しぶりだな」と言いながらキーを回す。

　車が走りだしてからも、気まずさから何も話せない。しばらく無言のドライブが続いたが、やがて歩が「大丈夫だから」と口火を切った。

「善にも丞にも言ってないよ。二人にはおまえが久しぶりの観劇ではしゃいで、友達と飲みすぎたって説明してある」

「……ありがとう、歩兄」

　歩の説明さえあれば、善も丞も追及してこない。服は汚さずにすんだので朝と同じだし、不自然な態度を取らなければバレないだろう。

「体調はどうだ？」

「ん……ちょっとだるいけど、平気」

「なら安心だ。それで、その――ヒートが起きたときは、どんな状況だった？」

　話したくないならそれでもいいと歩は言ったが、変に誤解されるのも嫌だったので、劇場で起きた出来事から順を追って説明した。

凌平の母親と再会したくだりでは歩もかなり驚き、瑤が吐かれた暴言をかいつまんで話すと、「いかれてるな、そいつ」と珍しく口汚く罵る。

「万全の状態なら……なんて、とんだ逆恨みだ。オメガに対する考えは時代錯誤もいいところだし、聞く価値もない。おまえを傷つけるために言ってるだけだから、気にするなよ」

「うん……ありがとう」

歩ならそう言ってくれると信じていた。おそらく善や丞も、瑤のために怒ってくれるだろう。一人じゃないと思うと、沈んだ心が上向きになる。

「ただ……話を聞いたかぎり、おまえのヒートを薬でコントロールするのは少し、難しいかもしれないな」

突然ヒートの話に戻った歩に、「どういうこと？」と首を傾げる。

「オメガのヒートには周期がある。けど周期からずれることもあるし、予期せぬタイミングで発作のように起きることもある。ここまではわかるな？」

「うん、学校で習った。アルファの存在とか、体調に左右されることもある、って」

「そうだ。でもこれが早期覚醒オメガの場合、『体調だけではなく感情も影響する』っていう研究結果が出てるんだよ」

論文を読んでも半信半疑だったが、瑤の話を聞いて確信したと歩は言う。

「今回のヒートの原因は、最上凌平の母親にある可能性が高い。カイさんとはサマーキャンプで一緒にいても、発情には至らなかったわけだし……となると、その母親の暴言で受けた強いショックが、ヒートを誘発したと考えるべきだ」

そんなことがあるのかと、正直信じられなかった。だが体調は悪くなかったし、凌平の母親に言われたことで、激しく動揺したのは事実だ。

「コントロールが難しいって……薬、全然効かないってこと？」

「全然ってことはないと思うけど、少なくとも今日は効かなかっただろう？　一度クリニックに相談に行ったほうがいいな」

「……わかった……」

さすがに返事の声が暗く沈んだ。突発的な発情の可能性が人より高く、しかも抑制剤が効きにくいかもしれないなんて、

——オレ、生きづらすぎない？

何度気持ちを立て直しても、新しい問題が立ち塞がる。子供の頃は発熱に悩まされ、やっと丈夫になったかと思ったら、今度は厄介なヒートだ。もういい加減にしてほしい。

しばらく何も話す気になれず、窓の外を流れる景色を眺めた。信号待ちをしている人たちが全員、自分より生きやすそうに見えてため息が出る。

しばらく黙って車に揺られていたら、歩がとんでもないことを言いだした。

「瑤。いい機会だから、お見合いしないか？」

「……は？」

あまりにも唐突な上、訳がわからなかった。だが歩は冗談を言うタイプではなく、瑶の進路は「若葉薬品への就職か、結婚か」の二択を支持する保守派である。——それにしたって、

「急すぎでしょ……」

「急ってわけじゃない。おまえがヒートを迎えたらセッティングするつもりだったんだ。身体のことを考えたらアルファと結婚して、番になるのがいちばんいいからね」

番になればフェロモンが変質し、不特定多数の人を誘惑しなくなる。歩の主張も理屈もわかるのだが、だからといってその気にはなれなかった。

「ありえないって。オレ就活するって言ったよね」

「そうだけど……でも選択肢のひとつとして、試してみるのもありだろう？」

「ない。百パーない」

にべもない瑶の態度に、歩は苦笑した。

「そう決めつけるなよ。就活だって、志望業界も決まってないくせに」

「……そんなことない。もう決まってる」

「何？　俳優ではないよね？」

「…………」

ここで「そうだよ」と言えない自分が情けない。だけど歩の訊き方も卑怯だった。これでは

質問の態を取りながら牽制しているようなものだ。案の定、瑤の返事を待たずに「だとしたら反対だ」と続ける。

「一般企業に勤めたいというならまだしも、芸能界に関わるのはやめておいたほうがいい」

「なんで？　やっぱり凌平の母親の言うとおり、オメガは業界から敬遠されると思う？」

瑤には気にするなと言ったが、本当はそれが心配なのではないか。

けれど歩は「そうじゃない」と首を振る。

「もしおまえが普通のオメガなら、話は違ってたよ。でも、おまえに芝居は危険だ」

「危険、って……どういう意味？」

「さっきの話だよ。早期覚醒オメガは、感情の変化に敏感だ。時に、それがヒートを誘発する。芝居をやってたおまえなら、ここまで言えばわかるだろう？」

「あ……」

俳優の仕事は、演じること。自分以外の誰かとして生きることだ。俳優と感情表現は切っても切り離せない。

芝居はヒートの危険性と隣り合わせ――その事実に打ちのめされそうだった。

「……カイさんに焚きつけられたのか？　俳優を目指すべきだって」

よりによって観劇に誘うなんて、そういうことなんだろうと歩が言う。たしかにカイは瑤が芝居に未練があると察しているだろうが、歩の想像しているような事実はない。

「違う。焚きつけるとか、そんなんじゃない」

「なら、好きになった？」

「え……」

「『友達と出かける』なんて嘘までついてデートだもんな。あげくに名前なんて呼ばせて」

「それはっ……てか、デートじゃないし！」

出かけることになった経緯を話すと、歩は「はは……」と苦笑した。「そんなの、世間じゃデートに誘う口実だ」

だからおまえは箱入りなんだと、箱に入れて育てた張本人が言う。

「俺は善と違って、恋愛するなとは言わない。おまえに結婚を勧めるくらいだからね。だけどカイさんは、相手として現実的じゃない」

いつもは優しい歩の声が、ひやりと冷たくなった。

「カイさんは男爵家の親族で、貴族の血を引いている。イギリスは厳格な階級社会だからな。当人同士が納得しても、いずれ壁にぶつかる」

「貴族……？」

「そうだ。そのうえカイさんとご両親は不仲だそうじゃないか。どこをどうとっても、おまえが苦労するのは目に見えてる」

瑤は耳を疑った。

なぜ、歩はカイの親族や家庭の事情を知っているのだろう。どちらも公にされていない情報のはずだ。

「……まさか、人を使って調べた？」

「ああ」

「そんなの頼んでない！」

「たしかに頼まれてはいない。けど、弟の幸せのために万全を期すのは当然だろう？」

「ありえない……オレを信じてない、ってことだよね!?」

「信じてるさ。でもおまえはまだ子供だし、わからないことも多い。それを教えるのも兄の務めじゃないか」

何を言っても柳に風で受け流され、瑶の怒りはまったく伝わらなかった。声を荒らげて叱られるより、相手にされないほうがずっと悔しい。

いつもこうだ。いつだって歩は瑶に甘い。優しいのではなく、甘く見ているのだ。

「――とにかく、お見合いの話は進めておくから。心の準備だけしておくんだよ」

歩はそう言って一方的に会話を終わらせると、そのまま自宅へと車を走らせた。

三

観劇から十日ほどが経ち、九月に入っていた。

歩とは冷戦状態が続いている。向こうは普通に話しかけてくるので表面上は穏やかだが、瑤の様子がおかしいことは善にも丞にもすぐ気づかれた。

ヒートのことは二人には伏せてあるので、「進路の件で揉めた」とだけ説明してある。実際、そちらの問題も解決していなかった。

もう一度芝居がしたい。俳優を目指してみたい。長年熾火のようだった未練は今、夢の種火になろうとしている。それが赤々と燃える炎にならないのは、体質のことが引っかかっているからだ。

感情の乱高下がヒートにつながる――その不安を拭うことはあまりにも難しい。

藤咲がカルミアハウスを訪れたのは、そんな悩める日々を送っていたときだった。

「――実はね、カイから聞いたんだ。若葉くんの子役時代について」

藤咲は応接室に入るなりそう切り出し、「本人の知らない間にごめんね」と謝った。

「いえ、全然大丈夫です。気にしないでください」

二人の関係性を考えれば、カイとしては共有したい話だろう。むしろ、スカウトしてくれた藤咲にこれまで黙っていた瑤のほうが、礼儀知らずと言える。

「オレのほうこそすみません。子役やってたこと黙ってて」

「ああ、それこそ気にしないで。でもまさか、君が〈白石勇理くん〉だったなんてね。芸名を使ってたんだ？」

「はい。いつまで芸能活動を続けるかわからないし、本名じゃないほうがいいだろうっていう親の方針でそうなりました。やめたくなったら、スムーズに元の生活に戻れるようにって」

藤咲は話を聞きながら、「いい親御さんだね」と相槌を打った。

「――それで僕が今日ここに来た理由はね、君に会わせたい人がいるからなんだ。急で申し訳ないんだけど、夕方から時間を作ってもらえないかな？」

「はい、大丈夫です。バイト終わるのが四時なんですけど、間に合いそうですか？」

「ん、ばっちり。どうもありがとう」

「いえ。……で、会わせたい人って誰ですか？」

「それは来てからのお楽しみ」

藤咲はふっふっふと自信ありげに笑い、待ち合わせの時間と場所を伝えてハウスを去った。

いったい誰が来るんだろう、カイさんではないだろうし……などと考え、観劇の日から全然会っていない彼の人を思う。会っていないどころか、最近は連絡さえも取っていない。観劇翌日、お世話になったお礼のメッセージを送って、簡単な返信をもらったきりである。

こちらから連絡しようかなと思いながらも、ヒートを鎮めてもらった記憶はいまだ生々しく、なんとなく躊躇してしまっていた。

夕方。バイトを終えてハウスを出た瑤は、ソノプロダクションの最寄である地下鉄駅で藤咲と落ち合った。世間話をして歩くこと数分、しっとりした風情の割烹料理店に到着する。

「お連れさまはもうお着きですよ」

と通された個室に、藤咲に続いて入る。

そこにいた人物を見るなり、瑤は「えっ」と目を瞠って固まった。

「しょ……硝太さん……!?」

「――久しぶりだね、ユーリ。わー……大きくなったなぁ。十三年ぶりか……」

明るい瞳と抜けるような肌の白さは、何年経っても驚くほどに変わらない。

ナチュラルなスタイリングでありながら人目を惹く華やかさに溢れているその人は、押しも押されもせぬ人気俳優・三村硝太――かつて共に舞台に立った『風花物語』の座長である。

――なんで？　どうしてここに……？

「お疲れさまです、三村さん。今日はありがとうございます、本当に」

「いえいえ、それはこっちの台詞。――ほらユーリも座って……あ、もう違うのか。ええと」

「若葉瑤です。硝太さん……お久しぶりです。本当に……――っ」

硝太と顔を合わせるのは、最後に舞台に立った日以来だ。

ご迷惑をおかけしてすみませんでした、としっかり謝らなければいけないのに、こみ上げてくるもので胸がいっぱいになってしまう。

言葉が出てこない代わりに、瑤はただただ深く頭を下げた。

「……うん。まあ、とにかく座って。ね」

硝太に促され、対面に座らせてもらう。近くで見るとやっぱりきれいな顔立ちで、性別関係なしにどきどきした。

ヒーロー物出身で昔はビジュアル人気が先行していたそうだが、三十代後半——とてもそうは見えないが——になった今では、「歴史ドラマの主役をしてほしい俳優」などの投票で必ず名前が挙がる実力者である。

「硝太さんは今日、どうしてここに……？」

「藤咲くんから君の話を聞いて、僕から『会いたい』ってお願いしたんだ」

「えっ……硝太さんからですか？」

「そう。どうしても十三年前のことを……なんの力にもなれなかったことを、謝りたくてね」

「そんな、謝るのはこっちです！　オレがどれだけ皆さんにご迷惑かけたか……今だって、どの面下げてここにいるんだって感じなのに……」

「ユーリ……いや、瑤。君がそんなふうに思う必要は、一切ないんだよ。誰にも、どうにもできなかったことなんだから。君本人にもね」

——え？　それって……。

硝太の口ぶりはまるで、降板の真相を知っているかのようだった。瑶が疑問符を浮かべたのに気づいたのだろう、硝太は「うん」と小さくうなずいた。

「実はね。表向きの理由は君も知ってのとおり『急病』だったけど、僕を含めて一部の共演者は、本当の降板理由を知らされていたんだ」

曰く。『白石勇理』の出演契約解除を行うべく、まず主催者側と事務所関係者の幹部、主要制作スタッフに事情が明かされたらしい。

だがそれとは別に、特に関わりの深かったごく一部のキャストにも伝えられたという。

「もちろん極秘事項としてね。これは親御さんのご意向だよ」

「そうなんですか？　両親はそんなこと一言も……」

「あえて教えなかったんじゃないかな。デリケートな内容だし、君が嫌がる可能性もあった。僕たちは本来知る必要のない立場だしね。でも、君はカンパニーの皆が大好きだっただろう？　君が大好きな人たちには、真実を知ってほしい……そういう思いもあって、打ち明けてくださったんだと思うよ」

今さらながら、両親の思慮深さを思い知る。瑶が悩み苦しんだのと同じくらい、「息子のために何ができるか」と、考え抜いてくれたのだろう。

「君が早期覚醒したと聞いて本当に驚いたし、それに、ものすごく悔しかった。身体のことはもちろん心配だったけど、僕はね、君ともっと芝居がしたかったんだ」

「そう。この子は本番を重ねれば重ねるほど、どんどん伸びていくって確信したから」

この言葉を使うのは若干、気が引けるけど……と前置きして硝太は続けた。

「僕には君が『覚醒』したように見えた。稽古でぶつかった問題の答えを本番で見つける役者も多いけど、それともちょっと違ってね。なんというか……観客の視線を力に変えてた。人に見られることで君は、みるみるうちに輝きだしたんだ」

自分でも実感あったでしょ？　と言われ、面映ゆいながらも瑶は「はい」とうなずいた。

舞台に出て最初の台詞を唇にのせた瞬間。新しい血が全身に滾るような感覚に陥り、自分というものが消え失せていた。

それは俗に言う「ゾーンに入った」状態だったのかもしれない。けれどそのときの身体感覚は、「生まれ変わった」と表現したほうがより正確な気がした。

「……それは天性の芸能人ですね」

感服した面持ちで言ったのは藤咲で、硝太がそれに「だよね」と相槌を打つ。

「そういうのってこれまでの経験上、アイドル出身の子に多かったんだけど」

「ああ、それはわかります。ファンを前にしたパフォーマンスに慣れてるから、場を掴む感覚を知っているんですよね」

アイドルでもいけるかな……と呟く藤咲に、硝太が「だめだよ」と釘を刺す。

「オレと……？」

「瑤は芝居の人なんだから。これは僕の我儘でもあるけど、あのときの興奮をもう一度味わいたいんだ。――君と一緒に」

「硝太さん……」

第一線で活躍する俳優が、瑤とまた芝居をしたいと言う。こんなに嬉しくて光栄なことは、ほかにないように思われた。

「オメガについて心ない発言をする人は、残念ながらいる。人より苦労が多いのも否定しない。でもね、僕もなんとかやらせてもらってるから。悲観することばかりじゃないよって、瑤にも伝えたかったんだ」

「……『僕も』?」

その一語に反応した瑤の目を見て、硝太ははっきりと言った。

「うん。僕もオメガなんだ。公表はしてないけどね」

芸能界も一般社会と同様、第二の性を公表するかしないかは、本人の裁量に委ねられている。硝太が体調不良を理由に稽古を休んだ記憶はなかった。当時はもう、ヒートをコントロールする術を身につけていたのだろう。

――そういえば前にカイさんも言ってた……。

『ヒートとつきあいながら芸能界で活躍するオメガなんていくらでもいる。皆が皆性別を公表するわけじゃないから、情報が表に出にくいだけだ』

まさに、硝太もその一人だった、というわけだ。

「何かあればひとりで悩まないで、いつでも相談して。十三年前、座長としてもオメガの先輩としても何もできなかったぶん、頼ってほしいと思ってるんだ」

一言一言が温かく胸に沁みる。初ヒート以来、将来への不安で暗く沈んでいた心に、陽光が射したように思えた。

「硝太さん……ありがとうございます」

うん、と満足そうに硝太がうなずく。目指すべき姿をそこに見た気がして、胸が熱く燃えるのを感じた。

「――それにしても。早期覚醒って不思議な現象だよね。僕もちょっと調べてみたんだけど、〈トリガー〉が存在するっていうのが通説なんだって？」

硝太は瑤にとって初耳の話に話題を変えた。

「トリガー……覚醒のきっかけ、ってことですか？」

「うん。眠れる本能に訴えかけるような出来事……たとえば衝撃的な出会いとか、そういう類のものらしいけど」

「衝撃的な出会いっていうと……たとえば憧れの人とか、有名な人とか……？」

「それよりもっと個人的で、特別な相手みたいだよ。僕が調べた中でいちばん多かったのは、いわゆる〈運命の番〉になる人だね」

運命の番――。

アルファとオメガにはそれぞれ、一目見ただけで「番うべきだ」とわかる、運命の相手が存在すると言われている。

都市伝説やお伽噺めいて聞こえる言葉だが、要は本能レベルで心身の相性がいい人と同義だ。本来なら身体の成長を待って発現するオメガ性が、外からの強い刺激で覚醒してしまうという理屈は、わからなくもなかった。

もし瑤の早期覚醒がトリガーによるものなら、あの日、運命の相手となりうる人物がどこかにいたのだろうか。

硝太も腕組みして「それっぽい人いたかな？」と考えている。

「順当に考えると共演者かスタッフだけど……いや、違うな。稽古中はなんともなかったし、可能性は低いよね」

その日だけ入ったスタッフか、それとも楽屋挨拶に来た関係者？　などと瑤と硝太の二人で記憶を掘り起こしていると、藤咲がぽつりと言った。

「――客席では？」

「……客席？」

硝太は、考えもしなかった、という顔をした。「遠すぎない？」

「たしかに舞台と客席とでは距離があります。けど、観客の視線に若葉くんが反応した……と考えるとどうでしょう？」

「あぁ……なるほど」

さっき、視線の持つ力について話をしたばかりだ。「なくはないね」と硝太がうなずく。瑤も可能性としてはありだと思ったが、客席となるとそれ以上の検証は難しそうだ。

「――そろそろ料理を始めてもらいましょうか」

話が一区切りしたと判断したのだろう、藤咲がそう言って店員を呼ぶ。食事が始まると会話は別の話題に流れ、瑤は二人と一緒に和やかなひとときを過ごした。


タクシーに乗って帰った硝太を見送り、瑤はあらためて藤咲にお礼を言った。

「今日はどうもありがとうございました。硝太さんのことはずっと気になってたんですけど、自分からは連絡できなかったので……胸のつかえがすーっと取れた感じです」

「どういたしまして。でも僕は場をセッティングしただけだから。もともと三村さんにコンタクトを取れないか、って頼んできたのはカイなんだよ」

「カイさんが？」

「そう。君が降板した経緯を知って、いてもたってもいられなかったみたい。今さらだけど、僕に事情を話したカイを責めないでやってね」

「そんな……責めるなんてとんでもない。むしろ感謝してるくらいです」

ならよかった、と藤咲は安堵した顔になる。

「あいつなりに何かできないか、って考えた結果のことだからさ。……君と再会できたことが、本当に嬉しかったんだろうね」

藤咲が何気なく発したその言葉を、瑤は聞き逃すことができなかった。

「……再会、って？」

「あれ、聞いてない？　カイは君が出演した回の『風花物語』を観劇してたんだよ。イギリスに帰国する直前にね」

「えっ……!?」

――カイさんが……オレの舞台を、観てた？

それは今日聞いた話の中で、最も驚愕の事実だった。お酒も飲んでないのに急激に心拍数が上がって、頭がくらくらしてくる。

そんなこと、本人は一言も言ってなかった。いや、言う暇がなかったのかもしれない。

瑤が『風花物語』に出ていたと打ち明けたのは、初ヒートの日である。あの晩はいろいろなことがありすぎて、余計な話をする余裕なんてなかった。

「ちょうど今……はい、これ。今日発売のこれに、その話も載ってるから」

それ見本誌だからあげるよ、と藤咲がバッグから取り出したのは、リーダー論から最新経済ニュースまで幅広いトピックを扱うビジネス雑誌だった。

薄黄色の付箋がついたページを開くと、カイの写真とインタビューが掲載されている。

ブリティッシュスタイルのダークグレースーツに、サックスブルーのシャツ、ブラウン系のレジメンタルタイを合わせたコーディネートは、藤咲がカルミアハウスにカイを迎えにきた日のものだ。

「そうそう、よく覚えてるね。あの日はこの取材が入ってたんだよ」

「スーツの広告かグラビアみたいですね……」

ビジネス雑誌の記事にしては、写真が大きすぎる気がする。

「はは、いつものこと。場所はオフィスだし照明も最小限なんだけど、絵になっちゃうから。――あ、読んでほしいのは中身ね、中身」

ついついビジュアルに注目してしまい、「すみません」とあわてて本文に目をやった。

インタビューの内容はカイが代表を務めるパトリア社に関する話が主だが、生い立ちやオフの過ごし方など、プライベートな部分にもそこそこスペースが割かれている。

これはカイが早くに頭角を現すことの多いアルファの中でもかなり若いことと、整った容姿であることが関係しているのだろう。業界を問わず華のある人材を嗅ぎつけるマスコミの嗅覚は、さすがとしか言いようがない。

オフは映画や舞台を楽しむこともあるというアンブローズ氏。

「幼少期は祖母（編集部注・女優の叶恵子）に映画だ舞台だと、いろいろと連れ回されたので、その影響でしょうか。フィクションから活力をもらう機会は非常に多いです」

と語り、特に思い出深い作品として、舞台『風花物語』を挙げた。

原作は児童文学の名作。王子として生まれながらも、王族の証である【風花印】を持たず城を追放された青年と、天涯孤独のやんちゃな人狼の少年が旅をする、貴種漂流譚だ。

「私も一度は母国を離れた身です。しかも、ふたたび母国に戻らねばならない……というタイミングで観劇したので、主人公の青年にかなり感情移入しました。

戻る意味はあるのだろうか、自分に何ができるのか……と悩んでいたときに、登場人物たちが背中を押してくれたんです。

人狼の少年が『どこにいてもおまえはおまえだ。だけどもしも寂しくなったら、おれが帰る場所になってやる』と言って主人公を送り出したシーンは、忘れられません」

＊

＊

インタビュー記事には、私物の写真も一枚載っていた。「アンブローズ氏の背中を押した、思い出のアイテム」というキャプションがつけられたそれには、一枚のチケットが写っている。チケットは色褪せていたが、文字ははっきり読み取れた。

公演名は〈舞台『風花物語』〉。公演日時は間違いなく、瑤が唯一出演した回だ。

――人狼の少年が……オレが演じたシーンが、カイさんの背中を押した？

にわかには信じられなかったが、わざわざそんな嘘をつくとは思えない。しかもこんなピンポイントで、台詞にまで言及している。

本当に観てくれたんだ――そう思ったその瞬間、興奮で身体がぞくぞくと震えた。

フィクションであっても、そこに込められた想いは人を、人生を動かしうる力になる。

瑤が生きた「人狼の少年」の想いは、カイに届いていた。たった一度きり――まるで本当の人生のように、たった一度きりの出演が――カイの力になれたのだ。もはやそれは奇跡としか思えなかった。

こんな経験、ほかじゃできない。どうしてももう一度、あの場所に立ちたい――いや、必ず立ってみせると今決めた。

たとえ誰に反対されても、罵られても、失敗しても絶対に諦めない。心にあるオメガの壁を壊して、挑戦し続けるのだ。

「藤咲さん……ありがとうございました。オレ、カイさんと話してみます」

「うん、そうしてあげて。……もしかしたらなかなか連絡つかないかもしれないけど……」

「あ、出張か何かですか？」

「いや、そうじゃないんだけどね。なんであいつが君に直接舞台を観たって言わなかったのか、その理由がわかった気がして」

「…………」

藤咲の言葉で、瑤の頭にひとつの可能性が浮かぶ。

早期覚醒したその日、カイは客席から瑤を見ていた。

カイの視線を受け止めた結果、瑤の身体が変化したのだとしたら、それはつまり――。

顔を上げると、藤咲と目が合う。

大切な友を案じるような表情は、瑤の推測を肯定しているように見えた。


カイに会いたい。会って話さなければならない。けれど電話をしてもメッセージを入れても、なんの音沙汰もなかった。どこへ行くにもスマホを持ち歩き、いつ着信があってもすぐ反応できるようスタンバイしているのだが、うんともすんとも言う気配がない。

スマホ中毒者のような態度を歩に注意されたのは、日曜の夜、兄弟四人で夕食をとっているときだった。

「瑤、スマホを見るのは食事のあとにしなさい。行儀が悪いよ」

「……ごめんなさい」

歩とはまだ仲直りしていなかったが、瑤は自分の非を認めて素直に謝った。食事中もスマホをテーブルに置いて、ちらちらと見ていたのだ。カイからの返信を待ちわびるあまりに、マナーというものを忘れてしまっていた。

反省し、スマホをしまおうとして、

「――カイさんからの連絡なら、いくら待っても来ないよ」

「……え？」

と、歩の発言に耳を疑った。

「歩兄、どういうこと？」

「弟にこれ以上関わらないでください、って俺から連絡しておいたからね」

「え……？」

一瞬、何を言っているのか理解できずに固まった。

同じテーブルにつく善と丞も、ぎょっとした表情で長兄を見ている。サマーキャンプでは歩もカイも普通に話していたのに、なぜ？　と、二人は意味不明だっただろう。

歩がカイの身辺調査をし、その結果、瑤に「相手として現実的じゃない」と言い渡したのは、初ヒートの日のことだ。彼らは知る由もない。

だが、それにしたって暴挙には変わらなかった。

「歩兄おかしいって。急に何言ってんの？」

「急にじゃない。お見合いの話を進めておくと言っただろう？　ほかのアルファと交流を持つのは、具合が悪い」

「——あ？」

お見合いという言葉に反応し、ガラの悪い顔つきになったのは善だ。

「おい歩、なんだよ見合いって」

「言ったとおりだよ。瑤が就活をやってる気配がないからね、縁談を準備してる」

「ざけんな。まだ必要ねぇだろ」

「別にすぐに籍を入れろとは言ってない。婚約だけして、卒業を待ってから……」

「——しないから、オレは！」

瑤は我慢できずに立ち上がり、歩の言葉を遮った。

自分の人生を自分以外の人に決められようとしていることに、強い反発を覚える。ブラコンだと言われながらも享受していた安心感とは、まったく逆の感覚だった。

「お見合いも結婚もしない。……オレはやりたいことがあるから」

「——何？　やりたいことって」

予想なんてついてるだろうに、歩はわざわざ訊いてくる。だから質問に答える形ではあったが、気持ちの上では宣言にも等しいものだった。

「俳優だよ」

言って、スマホケースのカードポケットから藤咲の名刺を取り出し、テーブルに置いた。

「この人、カイさんがメディアの仕事するときのマネージャー。夏休みが始まってすぐハウスでスカウトされた」

「ソノプロダクション……」

歩は名刺を取り上げ、まじまじと検分する。一目見て「大手だな」と呟いたのは、仕事で映画の企画制作に携わり、芸能事情にも精通している善である。ソノプロはタレントの面倒見がよく、新人を育てるのもうまいと評判らしい。

「この藤咲さんも信頼できる人だよ。オレ、このスカウトを受けようと思ってる。もう一度、俳優に挑戦したい」

「――……」

歩はいかにも遺憾そうにため息をついた。

「早期覚醒オメガにとって、芝居のように感情の昂ぶる行為は危険だって説明しただろう？ヒートを誘発する恐れがあるんだぞ」

「……わかってる。でも恐れがあるってだけで、絶対ではないよね？　だったらオレなりに、この体質とのつきあい方を見つけるつもり」

「見つけるってどうやって？　芝居をしながら試すというなら反対だ。その間に事故が起きたらどうする。取り返しのつかない事態になったら？」

不意の発情に見舞われたオメガのフェロモンに、周囲のアルファやベータが反応し、望まぬ性交を強いられた事例はいくつもある。

瑤だって怖い。もし自分の身にそんなことが起きたらと、考えただけでぞっとする。はじめてのヒートで無事でいられたのは、ただ運がよかっただけだ。

仕事柄、歩はたくさんのオメガを見てきたのだろう。現在の製薬業界においては間違いなく、オメガのＱＯＬ向上のために尽力するリーダーだ。その経験もあって、瑤のやろうとしていることを無茶だと言うのかもしれない。

だけど、それでもおとなしく引き下がる気になれないのは。

「……ここで引いたら、オレは自分がオメガだってことを理由に、夢を諦めることになる」

「――それは……」

切り返すと歩はわずかに怯んで、瑤はそのことにほっとした。

まだ、憐れまれてはいない。オメガに生まれたことを――自分では選べなかった属性を――憐れまれたら、瑤は自分を肯定できなくなる。

――歩兄はオレのことを大事に思ってくれてる。ちゃんとわかってる、けど……。

芸能界入りを反対するのは、オメガの脅威となる事故から瑤を守るため。縁談を用意するのは、それで瑶が幸せになれると信じているからである。

完璧な兄に、鉄壁の愛情で守られている。

だが――それでは瑶はいつまで経っても、自分の足で人生を歩けない。

「――歩兄は矛盾してるよね」

「矛盾……？」

「『オメガが自分らしく生きられる社会へ』……うちの企業理念に書いてあるじゃん。オメガの社会参加を促進しようとか、自立を推進しようとか、そういうこと言ってるんでしょ？」

「あ、ああ……まぁな。でも誰でもうまくいくわけじゃない、自立してるオメガは皆、並大抵じゃない苦労をしてきた」

「オレは苦労できないって？　頑張ってもうまくいかない？　見くびってるんだ、オレを」

「違う、おまえを見くびってるんじゃない。ただ危ない目に遭ってほしくないだけだ。安心で、安全な道があればそのほうが――」

「要するに身内は別ってこと？　他人はぶっちゃけ、失敗してもいいと思ってる？　それってダブルスタンダードじゃん！」

「――……！」

歩は頬を引っぱたかれたような顔をした。痛いところを突いたのだと、その表情がはっきりと物語っている。

「……」

口が勝手に「ごめん」と謝ろうとする。でも、胸が詰まって結局声は出なかった。何も言わずに席を立つ。「瑶くん」と丞の呼ぶ声が聞こえたが、振り向かずにダイニングを出た。

二階の自室に入って、深呼吸する。歩とちゃんと喧嘩したのは、これがはじめてかもしれなかった。

「………」

「──瑶。ちょっといいか」

ノック音と、善の声が聞こえた。ドアを開けると、「ほら」と藤咲の名刺を渡される。「大事なもん置き忘れんなよ」

「あ……うん。ごめん、ありがとう」

名刺を届けにきたのは口実で、様子を見にきてくれたのだろう。善は兄弟の中で、最も業界に詳しい。そのまますると部屋に入ると、瑶の勉強机の椅子を引いて腰を下ろした。

「大丈夫か？　おまえと歩でやりあうなんて、珍しいだろ」

「ん、はじめてだと思う……オレが本気で怒っても、受け流されるばっかだし」

積み重なった不満で唇が尖る。「あいつってそういうとこあるよな」と善が同調してくれたので、少し溜飲が下がった。

「——なぁ。なんで今回のスカウトは受ける気になったんだ？」

これまで全部断ってたのに、という善の疑問はもっともだ。「大手に声をかけられたから、なんて理由じゃないんだろ？」と重ねて問われ、それは違うと首を振る。

「前はさ。どんなにやってみたくても、オレには資格がないって思ってた。子役のとき周りの人にすごく迷惑かけたし、それに……そもそもオメガだし。できるわけないって決めつけてた。また同じことが起きたらって考えたら、怖かったのもある」

罪悪感と恐怖心で、一歩踏み出すことがどうしてもできなかった。

「でもさ。オメガでも全力で仕事してる人って、いるんだよね。数は少ないかもしれないけど、確実に存在してる」

それもものすごく近くに——と思い浮かべたのは母親だ。そのことに気づかせてくれたのは、ほかならぬカイである。

「オレはそういう人たちを見てなかった。見ようとしてなかった。見たら、オレがオメガってことを言い訳にして逃げてるだけだって、気づいちゃうから。自信も覚悟もないただの弱虫だって、バレちゃうから……」

自分の弱さを突きつけられたとき、泣きそうなくらい恥ずかしかった。でもそれを乗り越えたら、やりたいことに向き合えたのだ。

「……変わったたな、おまえ」

　それまで黙って聞いていた善が、ぽつりと言った。

「就活するって言いだしたときはもう、芝居は諦めちまうのかと思ったけど。気合い入れ直せたんなら、よかったじゃねぇか」

「善兄……」

　俳優業に対して未練があることは、ずっと隠してきたつもりだった。だがどうやら歩だけではなく、善にも見抜かれていたらしい。

「善兄も気づいてたんだ。オレがまだ俳優やりたい、って思ってたこと」

「まーな。おまえ、おれが関わった作品は必ずチェックしてくれんのにさ、最上凌平が出てるやつはほとんど観ねぇし。あぁ、まだ整理がついてねぇんだなって思ってた」

　こうして客観的に指摘されると、自分の態度が露骨すぎて恥ずかしくなる。凌平を意識していたのは、バレバレだっただろう。

　残りの公演を背負わせてしまったという罪悪感。自分にできなかったことを、やり遂げた者に対する悔しさ。現在進行形で活躍していることへの羨望。そういうものがないまぜになった状態では、冷静に観られる気がせず作品自体を遠ざけていた。

「ま、当然だよな。あんな終わり方じゃ、納得しろってほうが無理だ。だからもう一度挑戦するのは、すげぇいいと思う」

　大賛成だ、とまで言われて嬉しくなった。味方がいてくれることが、ものすごく心強い。

「――けど、今はおまえがいた頃よりずっと厳しいぞ。全体的にレベルが上がってるし、才能のあるやつが努力してやっと勝負できる世界だ。それでもやるって決めたんだな？」

「……うん。やる」

熾烈な競争を知るその厳しい目を見て、瑶は挑むような思いでうなずいた。善は眩しそうに目を眇めると、「大丈夫そうだな」と不敵に笑う。

「ソノプロなら信頼できる。おまえの覚悟もわかった。契約面はおれが見てやるから、おまえは思いきりやってみろ」

「善兄……ありがとう！」

力強く後押しされ、身体の内側から力が溢れてくる。自然と笑みがこぼれると、ふと、善が複雑そうな顔になった。

「……おまえ、あんまり愛敬振りまきすぎるなよ？」

「は？」

「笑顔は大事だけどな、加減は必要っつうか……あークソ、難しいな。とにかく注意しろよ。男女問わず遊んでる奴が多いんだ。おまえがその可愛い顔で無防備に笑うと、不埒な輩がうじゃうじゃ群がってくる」

ああ、そういうことかと警告の意味を理解する。だが周りは容姿端麗な人ばかりだろうし、自分程度で「うじゃうじゃ」はないだろう。善のそれは兄の欲目だ。――それに、

「遊ぶ気とか全然ないから、大丈夫」

恋愛的なあれこれに興味はないし、誘われても断る自信しかない。もちろんオメガとして身の安全には気をつけるけど――と言うと、善ははたと真顔になった。

「……なぁ。おまえが変わった理由って、もしかして……」

「え？　もしかして、何？」

「…………いや。なんでもない」

なんでもなくはないでしょ、と言いたくなるほどの間だった。だが、台詞の続きは教えてくれないらしい。

「おやじとおふくろには連絡しとけよ。反対されるってことはないだろうが、一応な」

「うん、わかった」

その日の夜。瑶はビデオ通話で海外の両親と連絡を取り、「いいんじゃない？」となんともゆるい感じで了承を得た。高校卒業後の進路に関しては子供の自主性を重んじる人たちなので、想定内ではあったがやっぱりほっとする。

母親はステージママ時代を思い出したのか、殊の外嬉しそうにしてくれた。いつかいい報告ができたら、それが親孝行になるかもしれない。

翌日の月曜日。

瑶は藤咲に電話をかけて、スカウトを受ける意思を告げた。

四

ソノプロダクションは主演級の俳優が多数所属する、大手事務所である。芸術家や学者など、いわゆる文化人との業務提携も行っており、カイもここに含まれる。

瑤は藤咲及び役員たちとの面談を経て、晴れて仮所属となった。

子役時代の芸名は使用しない。正真正銘、一からのスタートだ。

現在は事務所の人たちに顔と名前を覚えてもらいながら、演技レッスンとオーディションを受けている。

充実した日々を過ごす一方で、カイとは連絡が取れないままだった。

カルミアハウスには時折顔を出しているようだが、瑤がシフトに入っている日は姿を見せることはない。

会いたくないと言えば嘘になる。

だが、今はレッスンとオーディションに集中しようと決めていた。

君が納得のいく将来を選べるよう、願っている——そう言ってくれたカイの言葉に、全力で応えたかったのだ。

ソノプロダクションのビル内には、レッスンフロアが複数設けられている。

瑶はその日のレッスンを終えたあと、藤咲に呼ばれて事務所フロアへと移動した。

「藤咲さん、お疲れさまです」

「お疲れさま、若葉くん。――どう？　ちょっとは感覚戻ってきた？」

「いえ、まだ全然……毎回、ついていくのに必死です」

「そう？　レッスンではいい感じだって聞いてるけど。キャリアがあるから基礎もできてるし、ブランクの影響はあんまりなさそうだよね」

「だといいんですけど。でも、今は台本読むのがすごく楽しいです」

「うんうん、いいね。技術も大事だけど、そういうのが結果につながったりするからね。――ってことで、はいこれ。次の台本」

手渡されたのはA4用紙が数枚くっついた、オーディション用の薄い台本だった。ドラマの仮タイトルは先週受けたそれと同じもので、右上に「最終審査用」と書いてある。

「……藤咲さん。これってひょっとして……？」

「うん、おめでとう！　これに通ればもう決定だよ」

「ほ、ほんとですか……!?　ありがとうございます！」

仮所属になってから最終まで残ったのははじめてだった。次で合格しなければ意味はないが、一歩ずつ夢に向かっていると実感できるのは、やっぱり嬉しい。

ドラマの放送時間は深夜だが、ＳＮＳで盛り上がる作品の多い枠だ。いわゆるネクストブレイク俳優が主演を張ることがほとんどで、今回の内容はバディものである。

主演はすでに決定しており、瑤が参加しているのはその相棒役を選ぶオーディションだった。主演俳優との相性も見たいということで、最終審査にはその俳優も参加するらしい。

機密保持の関係上、誰なのかは伏せられている。わかるのは当日だ。

「これが獲れたら大きいよ。頑張っていこうね」

「はい！」

いけるかもしれないという淡い期待と、「やるぞ」という意気込みで身震いした。

オーディションなんて落ちることのほうが圧倒的に多い。才能に恵まれた人ならいざ知らず、少なくとも瑤の場合はそうだった。

でもオーディションが終わるその瞬間までは、「自分が獲る」と信じて臨もうと決めている。

瑤は事前に台本をもらえれば練習し、原作があればそれを読み込むタイプだ。このあたりは人によるところが大きく、あえてフラットな状態で行くという人もいるだろう。

受験や資格試験の類とは異なり正解はなく、何をどれだけやれば受かるという目安もない。

――こればっかりは運と縁。硝太さんもそう言ってた。

『制作側のイメージに合うかどうかっていうのは大前提として、共演者との相性を見る場合もあるからね。当たり役になるか、作品がヒットするか……なんていうのも全部、運と縁なしには語れない。役者にできるのは、いい芝居をする準備だけだ』
藤咲がセッティングしてくれた会食の場で、硝太はいろいろなことを教えてくれた。
準備をしていなければ、せっかくの幸運も摑めない。逆に言うと準備さえ怠らなければ、「そのとき」は絶対に来る——その言葉は、瑤の大事なお守りだった。

自分なりの準備を重ね、迎えた最終審査の日。

季節はもうすっかり秋で、空は高く晴れ上がっている。

テレビ局に入った瑤は、控え室として案内された会議室で身なりを整え、スタッフが呼びにくるのを待っていた。

何人くらい残っているのか。いったい主演は誰なのか。そんなことを考えながら、身体をほぐそうとストレッチを始めたそのとき。

コンコンコン、とノックの音がしてドアが開いた。

「——やだ。本当にいた」

——……えっ？

パンツスーツ姿の女性が、瑤を見てそう呟く。嫌悪感を露わにしたその人は、スタッフではなかった。

ほぐそうとしていた身体が一瞬にして強張る。

——凌平のお母さん……。

「名前も聞いたことないド新人が残ったっていうから、プロフィール読ませてもらってびっくり。やっぱり復帰してたのね」

「……おはようございます」

喉元にせり上がってきた苦いものを飲み込み、頭を下げた。瑤のプロフィールを見たという発言から、彼女がここにいる理由を察する。

——このドラマの主演は、凌平か……。

マネージャーである彼女は、カメラテストに参加する息子のアテンドで来たのだろう。

凌平の母親は断りもなく控え室に立ち入ると、後手でドアを閉めた。二人きりになると、彼女の放つ威圧感のせいか、部屋が急に狭くなったように感じる。

「けっこう実力のある子も参加してたのに、よくすり抜けてきたわね」

「……たまたまです」

神経を逆撫でするような言葉選びに、返す声が硬くなる。

だがここで動揺するわけにはいかなかった。前回彼女の悪意を浴びたショックで感情が乱れ、ヒートを起こしたことは記憶に新しい。

気にするなと自分に言い聞かせ、どうにか平静を保とうと努力する。

「ソノプロさんなんてずいぶん大手じゃない。どう、順調？」

「まだ始めたばかりなので、必死です。事務所の皆さんは親切ですよ」

「ふぅん。スカウト？」

「はい、そうです」

「へぇ～……じゃ、オメガの色香にやられちゃった社員がいるのね」

「は……？」

世話になっている藤咲を侮辱され、カッと頭に血が上った。気圧されている場合じゃない、きちんと言い返さなくては。

「そんなんじゃありません。普通に会って話しただけです」

「そんなのわからないわよぉ。ところかまわずフェロモン振りまいたら、誰が引っかかってもおかしくないじゃない」

藤咲と会ったときの瑤は、まだ一度もヒートを迎えていなかった。発情未経験のオメガからは、フェロモンは出ない。だが、

「はあ。大丈夫かしら、今日のカメラテスト」

説明しようとした瑤の言葉を遮るように、凌平の母親は大きなため息をついて言った。

「ねぇ。お願いだから凌平のこと、誘惑しないでね」

「……えっ？」

「困るのよ。薬は飲ませてるけど、ああいうのって絶対とは言えないでしょ。もし発情なんてされたら、こっちだって無傷じゃいられないんだから」

「それって……」

その言葉に確信した。凌平はアルファなのだ。オメガのフェロモンはベータにも作用するが、アルファほど強い性衝動は起こらない。

――アルファと二人で芝居……。

大人になってから――正確に言えば、ヒートを経験してから――アルファと芝居をした記憶はない。これまでにない不安と緊張で動悸が速くなる。

コンコンコン、とふたたびノックの音がした。

どうやらスタッフが来てくれたらしい。

――助かった……。

これ以上動揺したら危なくなるところだった。「はい、どうぞ」とドアに向かって返す声にも明るさが混じる。だが入ってきた人物を見て、瑤は絶句してしまった。

「……凌平……」

十三年ぶりの再会だった。

成長してからの姿は写真で知っていたので、外見の変化に対する驚きは少ない。上背のある体軀といい、正統派日本男児の雰囲気漂う精悍な顔立ちといい、瑤とは正反対のタイプだった。

我ながら、子役時代に同じ役を演じたことがあるとは思えない。

　オーラは別格、の一言だった。子供の頃から大人たちに揉まれて大きくなり、何度も大舞台を経験している自信が、そのたたずまいを堂々たるものにしている。母親にそうと仄めかされなくとも、アルファであることは一目瞭然だった。

　凌平はすっと冷めた目つきになり、自分より背の低い母親を見下ろした。

「何やってんだ、こんなところで」

「何って、挨拶よ」

「あんたはする必要ないだろ」

　息子に生意気な口を利かれ、「あるわよ」とムッとした顔で言い返す。

「連ドラでは久しぶりの主演なんだから。この大事な時に邪魔されちゃたまんないでしょ」

「こいつが邪魔？」

「ほかに誰がいるのよ。オメガが候補に残るなんてもう、ほんといい迷惑なんだから。今からでもプロデューサーに言う？」

「言うって何を」

「凌平抜きでもカメラテストはできるんじゃないですか、って」

　最終審査が二人芝居なのは、バディとしての呼吸を見るためである。それを、「若葉瑤には一人でやらせてください」と頼もうというのだ。審査中、息子がオメガのフェロモンにあてられたら困るから配慮せよ、と。

——この人、すごいな……。

もはや怒りを通り越して呆れてしまう。ここまで自分本位になれるなんて、いっそ清々しいくらいだ。

——この性根の悪さ、いつか芝居に使える。

と、他人事のように考えている自分に笑った。

「……ちょっと。何がおかしいのよ」

「あ、いえ」

しまった。心の中で笑ったつもりが、顔にそのまま出ていたらしい。

「失礼しました。お母さんは何をそんなに心配してるのかなって思ったら、つい」

「……どういう意味？」

「だって凌平は昔からすごく巧くて、オレは全然敵わなかったんですよ？　……だから芝居中、オメガのフェロモンになびく程度の役者とは、オレには到底思えないんですよね」

「——っ！」

挑発めいた瑤の言葉に、母親の顔が引きつる。凌平も不意を突かれたように、わずかに目を瞠った。

「ユーリ……」

旧芸名で呼ぶその顔には、やはり当時の面影がある。瑤も「凌平」と呼びかけると、稽古場で共に過ごした頃に戻ったかのようだった。

『風花』のときは迷惑かけて、ごめんな。オレが穴を開けたぶんまで演じてくれて、本当にありがとう」

「……」

凌平は黙って唇を引き結んでいる。これは怒っているわけではなく、真剣に話を聞いているときの顔だ。子供の頃から物静かだったが、大人になっても変わっていない。

……母親とは正反対である。

「ごめんじゃないわよ！　あんたが凌平のチャンスを……海外進出をかけたオーディションを台無しにしたことを、忘れてもらっちゃ困るわね」

「もちろん忘れてません。それについてもちゃんと、本人に謝りたいと思って……」

「——おい、待て。なんの話だよ」

凌平が睨んだのは、瑤ではなく母親だった。

「決まってるでしょ、LAまで行ったときの話よ。この子の尻拭いをさせられたせいであなた、力を発揮できなかっ……」

「それはこいつに関係ないだろ！」

激しい一喝に、凌平の母親はびくりと身を竦ませた。

「な、何よ。いきなり怒鳴らないでよ」

「あんたが馬鹿みたいなこと言うからだろ。いいか？　オーディションに落ちたのは、おれに実力がなかったからだ。こいつのせいじゃない」

「でも、あのときのあなたは疲れが溜まって……」

　懲りずに反論しようとする母親を、凌平は鋭く睨めつけて黙らせた。控え室のドアを開けてそのまま、「先に戻ってろ」と追い出してしまう。

「……くだらないこと聞かせて、悪かった」

「う、ううん……。オレのせいで大変だったのは、事実だか――」

　そう言いかけて、はっと口を噤む。凌平の目が強烈なプライドでぎらりと光ったからだ。

「もし万全の状態で挑んでいれば」なんて、慰められているようで我慢ならないのだろう。

「代演に対する感謝は受け取る。けど、それ以外はいらないから」

　役を勝ち取れなかった責任はすべて己にある――武士のような高潔さと、役者としての矜持に胸を打たれ、瑤は「わかった」とうなずいた。

「ありがとう、凌平。お礼を言うのが遅くなって、ごめんな」

「……ああ」

　凌平はそう短く返事をすると、「カメラテストはちゃんとやるから」と言い残し、控え室を出ていった。

途端に静かになった部屋で、はーっ……と大きく息をつく。本番はこれからだというのに、いろいろありすぎてどっと疲れてしまった。

——でも、凌平に直接お礼を言えてよかった。母親のほうはやっぱり、鬼門だけど……。

口では強気なことを言ったが、内心気を張っていたのだろう。

一人になるとさっきまで意識の外にあった動悸がやけに大きく、強く感じた。いつものオーディションより緊張している。

——できるかな、アルファと芝居……。

芸能界で活躍するアルファは少なくない。もし俳優としてやっていくつもりなら、当然、「できません」ではお話にならなかった。

今さらあとには引けない。やりきるしかない。大丈夫、と言い聞かせて集中しようとし——、

「っ……——」

どくん、とひときわ大きく心臓が脈打ち、肌が熱を帯びているのに気がついた。その事実に今度は冷や汗が流れる。じわじわと疼く下腹部が、発熱ではなく発情の兆候だと教えていた。

——あーもうほんとに、あの人鬼門……！

焦りと恐怖で頭がいっぱいになる前に、怒りを思い出して気を散らす。

やられっぱなしはごめんだった。十三年かけて再挑戦する勇気を出し、今、チャンスを摑みかけているのだ。負けるわけにはいかない。

とにかく冷静になること。その一心でこぶしをぎゅっと握り、深呼吸をくり返した。持参したペットボトルの蓋を開け、ミネラルウォーターをぐいっと呷る。水が喉を滑り落ちていくのを感じながら、それが全身に染みわたるさまをイメージするのだ。

『イメージって侮れないよ。芝居をやる人間には、特に効果的だと思う。熱を冷ます感覚を、身体で覚えるんだ』

藤咲と三人で会った夜、そう教えてくれたのは硝太だった。藁にもすがる思いで試してみたが、心なしかさっきより身体が楽に感じる。

『けど、これは応急処置。少し落ち着いたらその隙に、即効性のある薬を服用して』

引き続き硝太の教えに従って、鞄から錠剤シートを取り出した。先日クリニックで処方してもらった、突発性ヒート用の抑制剤だ。

爪でパチッとアルミを破いて、チュアブル錠を一錠噛み砕く。

「う……」

舌先にわずかな苦味を感じた。舐め溶かしたらあとはただ、呼吸を整えるのに専念する。

心拍数は少しずつ、平常時に近づいていた。

汗がつーっと首筋を伝ったが、それ以上噴き出してくる様子はない。どちらかと言えば、熱を逃がし終えたサインのように思える。

——治まっ、た……？

半信半疑ではあった。だが下腹部の熱は消失し、意識もはっきりしている。その瞬間、発情に対処できたと確信した。

みたび、コンコンコン、とノック音がする。やってきたのは今度こそスタッフだった。

「若葉さん、次です。ご準備お願いします」

「――はい、わかりました」

ギリギリだったが間に合った。本当によかった。

リュックからタオルを取り出して汗を拭く。鏡を見て髪を整え、「よし」と気合いを入れて部屋を出た。

「――ごめんなさい！」

オーディションを終えて事務所に戻った瑤は、会議室に入るなり藤咲に勢いよく頭を下げた。

控え室での出来事を報告すると、凌平母の暴挙に、藤咲は「うわぁ」とドン引きする。

「主演は最上くんだったかー……すごい偶然。でもキャスティングとしては妥当だね」

藤咲の言うとおりだ。今回のドラマ枠の性質を考えれば、選ばれても不思議ではない。

「それより怖いのは母親だよ。オーディション前に突撃してくるとか、クレームものだから。モンスター相手によく頑張ったね」

「うう……ありがとうございます、藤咲さん」

よしよしと労ってもらうと、お礼を言う声が半泣きになる。

藤咲には、以前凌平の母親から言われた罵詈雑言を全部伝えてあるのだが、それ以来彼女のことをモンスターマネージャーと呼んでいた。

「でもオレかなり怒らせちゃったんで、絶対共演NG出されたと思います……」

「ああ。それで『ごめんなさい』？」

うなずくと、藤咲はからからと笑った。

「どうかな。話を聞いた感じだと、最上くんは気にしてなさそうだけど。カメラテストは二人でやったんでしょ？」

「はい。ちゃんと来てくれました」

「ほらね。手ごたえはあった？」

「そう、ですね……」

アルファとの芝居はやはり少し心配だったが、結論から言うと大きな収穫があった。凌平と対峙したことで、子役時代の大事な教えが蘇ったのだ。

思い出したのは稽古中の一コマである。瑶がシリアスなシーンの感情を引きずって、ご飯が食べられなくなった日のことだ。

大人なら一、二食欠いても身体は保つ。自分がそういうタイプと把握しているなら、コントロールも容易だろう。だが子供だとすぐ体調に出てしまうし、身体の成長を考えると悪影響でしかない。稽古中の怪我につながる恐れもある。

だから、子役指導の先生は瑤に言ったのだ。『わんわん泣いた場面のあとも、笑ってご飯を食べるのがプロだよ』と。

どんなに悲しいシーンのあとも、必ずご飯を食べること。逆に休憩中楽しいことがあっても、真面目なシーンでふざけないこと。先生とそう約束して、瑤はお弁当を食べた。

つまりこれは「気持ちの切り替え」の話なのだ。

芝居中に動かす感情は、瑤が「演じている」人物のものであって、瑤自身のものではない。だが切り替えを怠ったら最後、自分の気持ちも引きずられる。

瑤がプロの仕事をしてさえいれば、ヒートになる可能性は減らせる——そう思い至ったとき、視界にかかる霧がぱっと晴れていったのだ。

「……できることは全部やりました。怪我の功名？　って感じで悩んでたことも解決して、今すごくすっきりしてます」

「……そっか。じゃあ、まずは結果を待たない？　そう言えるってことは、モンスターの言いがかりなんて弾き返せる演技ができた、ってことだと僕は思うよ」

「藤咲さん……ありがとうございます」

藤咲の前向きな言葉は、信頼の証だと思えた。

現場でショックな出来事があっても、こうして味方をしてくれる人がいる。それがとても心強かった。

「……ところで話は変わるけど。あれからカイとは話せた？」

「いえ、実はまだ……」

連絡が取れなくなって、もうかなり経つ。瑤は瑤でレッスンとオーディションに集中しつつ、折に触れて「仮所属が決まりました」とか、「今日のワークショップで、こんなことをしたんですよ」と一方的な報告だけはしていたのだが、既読がつくだけで返信はなかった。

——でも。そろそろいいよね。

今日のオーディションでは、結果はともかく、自分なりに成長できた。もう我慢も限界だし、カイと会ってもいいのではないだろうか。

「オレから連絡してもスルーされちゃうんで、藤咲さんのスマホから電話してもらえませんか……？」

「ああ、いいよ。そうしてみようか」

この時間ならちょうどコアタイムも終わってるし、すぐ出ると思うよと藤咲が言ったとおり、ほんの数秒呼び出し音を聞いただけでスピーカーフォンから「はい」と応えがあった。

——わ。本物……。

たった一言。なのに声を聞いただけで、どきっと心臓が跳ねる。

「――いや、仕事じゃなくてさ。ちょっとおまえと話したいって人がいて。じゃ、代わるよ」

ありがたくスマホを受け取り、「もしもし」と話しかける。

『…………瑶？』

驚きと困惑の混じった声が返ってくる。嫌がられてはいないみたい、と思ってほっとした。

「騙し討ちみたいな真似して、ごめんなさい。でも、どうしても話したくて」

『…………』

「オレと会ってもらえませんか？　忙しいのは知ってます。けど……」

『…………』

――思ったより強情かも……。

直接話せばなんとかなる、という見込みは甘かったらしい。カイの覚悟は相当だ。ただそう思うに至らせた経緯を考えると、ここで引くわけにはいかなかった。

……だから。

「実はオレ……お見合い、するんです」

『……何？』

はじめてカイから反応があった。目の前の藤咲も「!?」という顔で固まっている。

「歩兄に、『選択肢のひとつとして検討しなさい』って言われて……オレは断ったんですけど、勝手に話が進んでたんです。相手は歩兄が会社で目をかけてる人らしくて、先方も乗り気だからねって。ひどくないですか？」

兄の横暴さを恨んで、声が震えた。無力な自分に対する怒りもある。

「だから……その前に一度でいいから、会ってもらえませんか。オレ……」

『──今、どこだ。事務所か』

「っ、……はい……」

『待ってろ。すぐ行く』

「え、すぐって……」

言うが早いか、通話は切れた。と、同時に。

「お見合いってどういうこと!?」

いつもの朗らかさはどこへやら、藤咲が青ざめた顔で詰め寄ってくる。

「なんで今!? いつ決まった？ っていうか、本気で……？」

「しませんよ。お見合いなんて」

「………。えっ？」

「まだ修業中の身ですけど、一応は俳優の卵なんで……ごめんなさい」

「──あ、え、嘘……？」

へなへなとその場にくずおれてしまった藤咲に、「巻き込んじゃってすみません」と、もう一度詫びた。

「ただ『会いたい』って言っても、断られそうだったんで……一芝居打ちました」

「そ、そうだよねぇ。はは……よかった、本当じゃなくて。で、あいつは？」

「『すぐ行く』って言って、切れちゃいました。でも、すぐってどれくらいで……」

質問の途中で、会議室の内線が鳴る。受話器を取った藤咲は「あっはい、お願いします」と言うと、瑤を見て「今だね」と答えた。

ソノプロの事務所とカイの会社は同じ区内にあり、車なら五分、十分の距離だと聞いたことがあるが、それにしたって早い。

廊下に面した会議室の壁は、ガラス張りになっている。ほどなくしてそこに、ダークグレーのスーツを着た紳士が足音も荒くやってくるのが見えた。

「っ、カイさん……！」

「――行くぞ、瑤」

「え、行くってどこへ……」

戸惑いながらも、カイに手を引かれて会議室を出る。藤咲はガラス張りの壁越しに、ひらひらと手を振って見送ってくれた。

五

カイの車に乗って向かったのは、観劇の夜に訪れたマンションだった。

前回訪れたときは周りを見る余裕もなく、夜だったこともあり気づかなかったが、紛うかたなき高級住宅街にある。

部屋に着くまでほぼ無言だったカイだが、リビングに入り、ソファに腰を下ろしてようやく口を開いた。

「見合いするというのは本当か」

「…………」

「どうなんだ、瑤」

カイの顔色は青ざめるを通り越して、白くなっていた。騙していることを心苦しく思う反面、必死になったその表情を嬉しいと思ってしまう。

——でも、まだだ。種明かしは本音を聞いてから。

「全部、話します。けどその前に……カイさんの気持ちも教えてください」

「私の？」

「……十三年前にオレが降板した、舞台の話です」

言うと、カイの表情が固まった。

「オレの舞台を観てくれたんですよね？　藤咲さんから聞きました。でもオレは、カイさんの口からちゃんと聞きたい」

「…………」

リビングに長い沈黙が落ちた。ここに来てもまだ、カイは逡巡している。

だが、瑤に引くつもりはないとわかったのだろう。観念した様子で重い口を開いた。

「……英国に戻る一週間ほど前のことだ。祖母に連れられて『風花物語』を観た。——そこで、君を見つけた」

原作小説を好んで読んでいた孫のために、祖母がチケットを手配していたらしい。瑤の出演回だったのは、単なる偶然だったという。

「舞台の出来もよかったが、何より、君の演技が素晴らしかった。無邪気で、一生懸命で……でも、人に寄り添い力を与えてくれた」

カイの周りの座席には大人も多かったそうだが、鼻を啜る音が何度も聞こえてきたらしい。子供は青年主人公の冒険譚に胸を躍らせ、その親は人狼の少年の健気さに胸を打たれていた、とカイは語る。

「すっかり夢中になった私は祖母に頼んで、君の出演日のチケットを全部押さえてもらった。帰国予定日もずらして心待ちにしていたが、君は急病で休演し、降板……。数日前まで舞台で飛び跳ねていた子がいきなり入院したと聞いて、本当にショックだった」

今ならそういうこともあるとわかるが、当時は私も子供だったから……とカイは振り返る。もう〈白石勇理〉の公演は観られない。失意のうちに帰国してからも、たびたび舞台のパンフレットを眺めていたという。

その後、ネットで退院のニュースを探すも見つからず、新たな活動情報もなかったために、引退したのだと察したらしい。

「子役の引退なんて、よくある話なんだろう。だがどうしてか私は、君が忘れられなかった。言葉を交わしたわけでもない……たった一度、舞台を観ただけなのに」

消息を知る術はなかった。病を治して元気でいてほしい、ただそう願うしかできなかったとカイは語る。

「だから、一緒にミュージカルを観に行ったあの日……君が『白石勇理』だったとわかって、心底驚いた。私はヘアメイクした顔しか知らなかったし、全然気づかなかったんだ」

「……なんですぐ教えてくれなかったんですか？」

責めたつもりはないのだが、そう聞こえたかもしれない。カイは返事を躊躇していた。

「オレがそのときの子役だってわかったことと、オレに連絡くれなくなったことって……何か関係ありますか？」

「……ある」

「どうしてです？」

「――君が私の運命のオメガだと、確信していたからだ」

思えば最初からおかしかった、とカイは言う。自分が器用なタイプではない――藤咲に言わせれば「言葉選びが下手」な――ことを差し引いても、瑤への当たりは強すぎたと。

言い訳のようですまないがと前置きしつつ、特別な相手の出現によって調子を崩すことは、アルファにはままある話なのだと補足した。

「だが決定的だったのは、性衝動抑制剤が効かなかったことだ。君がヒートになった晩は、本当に焦った」

翌日病院で診察を受けたカイは、医師に言われたらしい。本能に強く訴えるフェロモンには、どんな抑制剤も太刀打ちできないと。

そのフェロモンを持つ相手とはすなわち、運命の番になりうる相手だ。

「もし私が何も知らなければ、能天気に喜んでいただろう。だがサマーキャンプのあとすぐ、私は早期覚醒オメガについて調べていた。知っておけば仕事にも役立つかもしれない……そんな気持ちで」

やっぱり、と瑤は納得した。

カイも知っていたのだ。運命の相手との邂逅が、早期覚醒のトリガーなのだと。

「十三年前、私の存在が君をオメガにしてしまった。人より何年も早く目覚めさせ、熱で苦しめて未来を奪ったんだ。合わせる顔なんてあるわけがない」

──そんなの、カイさんのせいじゃないのに……。

出会ったのは偶然だった。観劇が一日でもずれていれば、もう一人のキャストである凌平が舞台に立っていただろう。

「だが見合いをすると聞かされて、いてもたってもいられなくなった。身勝手なのはわかってる。それでも──好きなんだ、君が」

熱を帯びたまなざしが、瑤をまっすぐに射貫く。そのまま搦め捕られるように引き寄せられ、気づいたら唇が重なっていた。

「っ、ん……」

柔らかな感触に酔って目を閉じる。はじめてのキスはくすぐったくて、温かくて、胸がきゅっと締めつけられるものだった。

離れていく唇が惜しい。でも、カイはとても苦しそうだった。

「……君を誰にも渡したくない。こんなことを言う資格なんてないのに……」

「カイさん……、それは違います」

うなだれるカイに、瑤はきっぱりと伝えた。

「カイさんには一パーセントも責任はありません。オレはカイさんが舞台を観てくれて、よかったと思ってるんです」

「何を言ってるんだ。私は君の可能性を奪ったんだぞ？　私があの場にいなければ君は今頃、華々しいキャリアを築いていた」

「……いえ。オレはそうは思いません」

「なぜだ。謙遜か？」

「そうじゃなくて。座長の三村硝太さんが――カイさんと藤咲さんのおかげで再会できた硝太さんが、オレに言ってくれたんです。あの日のオレは、お客さんの視線で『覚醒』したように見えたって」

怪訝そうな顔のカイに、「オメガとしてじゃなくて、演技の話ですよ？」と付け加える。

「人に見られることで輝きだした、ってほめてもらいました。だから硝太さんの話を聞いて、『俳優はオレの天職かも』って思ったんです。……でもカイさんが客席にいたって知って、それはオレの勘違いだったって気づきました」

「……どういう意味だ？」

「『逆』だったってことです」

「逆？」

「カイさんが見ててくれたから、オレはお芝居に目覚めたんです。カイさんの『せい』じゃなくて、『おかげ』なんですよ」

曲がりなりにも大きな役をもらえたのだから、適性がゼロだったわけではないのだろう。
とはいえ、決して突出した才ではなかった。瑤より巧い子役なんてゴロゴロいた。

だが、運命のアルファが瑤の本能を刺激した。眠っている力を——おそらく可能性や、潜在能力などと呼ぶべきそれを——、一気に解き放ってくれたのだ。

「今だって同じです。この夏、カイさんと再会しなければオレはきっと……夢を諦めてた」

誰に何度スカウトされようと、受けることはなかっただろう。

過去を悔やみ、未来の失敗を恐れ、流されるまま就活し。落ちてへこんで、また面接に行き。内定が獲れたら「大人になったな」と笑いながら夢を葬る。そんなふうに生きていたと思う。

カイに出会ったから変われた。カイが見つけてくれたから、変わろうと思えた。

「カイさんに会えてよかった。オレを見つけてくれて、ありがとうございました」

「——っ、瑤……」

腕を引かれ、そのままぎゅっと強く抱きすくめられた。愛おしむように頭を撫でながら、腰に響く低音でささやく。

「君は私の……私だけのオメガだ。絶対、誰にも渡さない」

「カイさん……」

瑤がそうだと認識するより早く、身体が、心が、すべてを知っていた。この美しいアルファを愛し、愛される運命を。

「……オレ、嘘つきました。お見合いなんてしません」

「——本当か？」

「はい。カイさんの気持ちが聞きたくて、試すようなことしてごめんなさい」

「なんだ——……よかった」

軽蔑されたらどうしようと思ったが、どうやらそれは杞憂に終わったようだった。

「なら、君の気持ちも聞かせてくれ。芝居はもう充分堪能した」

カーテンコールはあるんだろう、と微笑むカイに、甘くせつない想いが溢れて止まらない。

「好きです。大好き。ずっと、オレだけのアルファでいて……」

じっと見つめてそれから、思わせぶりに目をつぶる。カイの気配が近づいてくると、望んだとおりに唇が塞がれた。

「ん……」

互いの思いを確かめる、清らかで甘いキス。けれどそれだけでは終わらず、カイは唇で唇を食むように動かした。こそばゆくて、なぜか、胸のあたりがきゅんとする。

「んん、ん……」

わずかに開いた唇の隙間から舌が差し込まれ、ぬるりと絡んでくる。突然深くなった交わりにどうすればいいかわからず、誘われるがままにこすり合わせると、粘膜の熱くとろける感覚で目が潤んだ。

「——っ、ふ」

飲み込みきれない唾液が口元を伝う。キスがほどかれ、カイの指でそれを拭われると、覚え

のある熱が身体の芯に生まれた。

「っ……」

心臓が早鐘を打ち始め、肌がじわじわと淫熱に覆われていく。もじもじする瑤を見て、カイがふっと目を細めた。

「——甘い香りがする……」

発情の証であるフェロモンに気づいたのだろう。デニムの上から両脚の間をまさぐられ、「やっ、あ」と甘ったるい声が出る。

「もう苦しそうだな」

「っ……カイさ……ん、あつ、い……」

「今日の俺に、理性を求めるのは無駄だ。……わかってるな？」

フェロモンに反応したカイの、アルファの本性が顔を出す。熱を宿した瞳に見つめられ、瑤はこくりとうなずいた。


カイの寝室に連れていかれるのは、はじめてのヒート以来二度目だった。

戸惑いが先行していたあの晩と違い、ベッドを見るだけでふしだらな期待をしてしまう。

——いまからここで……カイさんに抱かれる。

カイに組み伏せられた自分を想像すると、それだけで身体は待ちきれないように疼いた。もつれるようにベッドに倒れ、性急な手つきでシャツのボタンを外される。インナーを脱がされたときの摩擦で、胸先にピリッと甘い痺れが走った。

「っん……」

普段は存在さえ意識していない小さな胸粒が、今日はヒリヒリと熱を持っている。ぷっつりと赤く膨らんでいるさまが、ひどく卑猥に見えた。

カイが目敏くそれを見つけ、指先できゅっとつねる。

「あっ、あ……」

腰に直接響くような、じわりとした快感だった。

さすられ、くりくりと捏ねられ。摘まんでピンと引っ張られると、変な気分になってくる。

「んっ、や、ぁっ……！」

性感を集めてますます硬くなった粒を、カイがその口に含んだ。舌で舐め転がされ、じゅっと音を立てて吸い上げられると、下半身がつられてぎゅんと硬くなる。

片方を唇と舌で、片方を指で攻められると、涙で視界が滲んだ。

「瑤……」

気配で気づいたカイが顔を上げ、濡れた眦に口づける。その仕草はとても優しいのに、ツンと勃ち上がった粒をつつく指は、どこまでも意地悪でいやらしい。

ずきずきと張りつめた雄のせいでデニムがきつくなっていた。熱を逃がせないもどかしさと、「触って」というアピールのつもりで、物欲しげに腰を揺らしてしまう。

「そんなにここを触ってほしい？」

「……っ……」

こくこくとうなずくと、カイがごくりと喉を鳴らした。――が、それでもまだ雄は触ってもらえない。

なんでどうして早くして、とまた泣けてきたそのとき。不意に、胸粒をかりっと引っ掻かれる。

「え、あっ……――っ……！」

びくびくっと背中がしなり、急激な解放感に襲われた。下着がじんわり濡れていく感覚で、達したのだとわかる。

――嘘……。胸だけで……？

敏感すぎる自分がいたたまれなくなった。

呆然としたまま身体を押さえられ、デニムから脚を引き抜かれる。吐精で染みができた下着を見て、カイの微笑みが妖しげな色を帯びた。

「脱がされるのも待てずにお漏らしか。……いけない子だな」

「――っ、あ……」

行儀の悪さを叱るその声さえ甘く、情けないことにまた反応してしまう。

「この間もそうだった。触ってほしくて腰を振る余裕があれば、自分で脱げたんじゃないか？……それとも俺に、脱がされたかった？」

「――っ……」

媚態を指摘された上に甘えた気持ちを見透かされ、頬がかあっと熱くなる。否定できないでいると、カイがくすりと笑った。

「甘えたがりだな。……だが、そこが可愛い」

言って、下着のウエスト部分に指を引っかけて下ろす。瑤のものは達した直後とは思えないほど昂ぶっていた。

熱を孕んだ視線を感じると、先端から透明な涙が流れる。同時にとろりと、後ろが濡れた。

「っ、あ……」

後蕾から垂れる淫液に怯んで、反射的に腰が浮く。その隙に、カイは半端に下ろされたままだった瑤の下着に手をかけた。

脱がしやすいようにと無意識で腰を上げ、脚をぱかんと大きく広げてみせる。

……それが誘うような格好だとは、ちっとも気づいていなかった。

「――っ、大胆すぎる……」

カイは衝動を堪えるような顔で呟いた。ぺろりと指先を舐めるカイの顔つきは、飢えた獣に見える。そのまま唾液で湿らせた指を、ひくつく窄まりにそっと這わせた。

「は、あ……」

縁をなぞって押し揉まれると、熱い吐息が漏れて、じわっと愛液が溢れてくる。

指先はゆっくりと蕾に差し入れられた。同時にもう片方の手で前もいじってくる。指を絡めてゆるゆると扱かれると、ものすごく気持ちがいい。

「や、ぁ、あっ……うぅっ」

敏感な括れをくすぐられ、きゅっ！　とカイの指を食んでしまう。逃げ場のない二点責めに、身体の芯が抜けて崩れてしまいそうだった。

「あ、あっ、ん……そこ、あっ」

「ここ？」

「ん、ん、そこ……」

カイの指があの一点を探し当てた。くっ、と力をこめられると、混じりけのない官能が脳に突き刺さってくる。

「ここが、どうした？」

「ん、きもち、い……あ、あ」

包み隠さずに答えると、カイは心得たとばかりにこすり立てた。容赦なく与えられる淫らな刺激に、自分のものとは思えないほど甘い声が出てしまう。

すがるものほしさでブランケットを握り、脚を広げたあられもない姿でよがり泣いた。

「あ……やぁ、ん、あっ」

指の抜き差しが徐々に激しさを増して、ぷちゅ、ちゅぷ、と水音も大きくなる。腰はくねり、さらに熱を溜めた雄がふるんと震えた。

──あ、くる……。

淫熱を孕んだ肌がじりじりと燃え、覚えのある感覚が迫ってくる。

「んっ、カイさんっ……あ、あ、きちゃ……う……っ」

また自分だけ達してしまう。そのことに一瞬、躊躇を覚えた。だが、この愉悦の波を止める方法を知らない。

粘液で滑りのよくなった指を、ぬるりと奥へ押し込まれた。身構える間もなく、強烈な射精感が衝き上げる。

「や、う……──あ、あっ！」

腰が抜けそうな勢いで爆ぜ、ぴゅっと白濁が薄い腹に散った。絶頂感はゆるく長く続き、身も心もふやけていきそうになる。

「はっ……、はあ、あ……」

すごく、すごくよかったのに、満たされる感じからはほど遠い。もう二度もいったのに、まだ肌は熱を持っている。

「なん、で……」

「……瑤？」

もっとしてほしい。これじゃ全然足りない。指よりも熱くて、大きなものがほしい――喉が渇いて水を欲しがるのと同じくらい自然に、そんな欲望が頭をもたげた。

「んぅっ……」

カイがキスを仕掛けてくる。覚えたての深いキスでぬるい舌を絡めあっていると理性の軸がぐらつき、淫猥な気分はますます加速した。

「……して」

絶頂の余波で痺れたままの指先で、カイのネクタイに触れる。タイをゆるめて誘いたいのにうまく力が入らず、ただノットを弄ぶだけになるのが悔しい。

「ちゃんと……して？」

見上げたカイの瞳に、パチッと情欲の炎が爆ぜた。

「――っ、この……！」

「あ」

もたつく瑤の手を外し、カイは自分でさっさとタイをほどくと、ベストもシャツもすばやく脱ぎ捨てた。

露わになった上半身に、目が吸い寄せられる。鍛えられた胸板は厚みがあり、腹筋は美しく引き締まっていた。スーツを着こなすにはこうでなければならない、と手本を示すかのような裸身が眩しい。

ベルトを外してトラウザーズも脱ぎ捨てる。下着はすでにカイの劣情の高まりを表していた。布越しにその大きさを想像してしまい、ごくりと喉が鳴る。

瑤の視線を感じたのだろう、カイはくすりと笑って下着も脱いだ。ナイトテーブルの抽斗を開けて小さなシルバーの袋を取り出し、口にくわえてピリッと破く。

――あ、ゴム……。

惚けた頭でようやく、それが何かを理解した。知識として知ってはいるが、使ってみるのははじめてだ。

準備を終えたカイに覆い被さられ、ギシッとベッドが軋む。

指先で蕾の位置を確かめてから、先端があてがわれた。ノックするようにつつかれるだけで、あぁ……としどけない声が漏れる。

「ん、んん……」

スキン越しでもわかるほど猛ったカイの欲望が、ゆっくりと押し入ってくる。熟れきった襞は、うねるように絡みついて歓迎した。

焦れるほどに慣らされたおかげで、身体を拓かれる痛みはほとんどない。

カイが荒く息を吐く。愛しい人の形と大きさを、まざまざと感じる。言いようのない幸福感は、長大な雄がもたらす異物感さえも霞ませた。

ずっとほしかったのはこれだ。足りなかったのはこの熱塊なのだと、身体が悦びで打ち震えている。

――……うれ、し……。

ずちゅ、と卑猥な音をたてて、カイが腰を一気に押し進めた――その瞬間だった。

「っ、あ、あ――っ……！」

なんの前触れもなく、針のように鋭い官能に貫かれた。背筋はぴくぴくっと痙攣し、意識が白く飛んでしまいそうになる。

何が起きたのかさっぱりわからなかった。目が合ったカイが、淫靡に微笑む。

「――瑤……君は本当に初心で……最高に可愛い」

「え？　あっ……、ん」

カイが軽く腰を回すと、なかでごりっと劣情がこすれた。大きさも硬度も、さっきとまるで変わっていない。

――ひょっとして、オレ……挿れられただけで……いった？

「――……っ!!」

ほしくてほしくて、やっと挿れてもらえて、嬉しくて絶頂した。我ながらあまりにも淫乱で、顔から火が出そうになる。

「あ……あの、あっ」

「まだいけるだろう？　射精もしていないようだし」

「はっ、う」

意地悪な指先が、挑発するように屹立を撫でてくる。先端が返事をするように震え、透明な蜜をこぼした。

「さんざん人を煽っておいて、もう終わり――なんて言わないな？」

言わせるつもりもさらさらないがとカイは不敵に微笑むと、強く腰を打ちつけた。その容赦ない動きに、またしても快楽の渦に引き込まれる。

「あっ、ん、あ、あぁ……っ」

力の入らない両脚を広げられ、されるがままの姿勢で穿たれた。念願のスイートスポットをごりごりとカイの滾った雄で抉られ、泣きながら感じてしまう。

「や、あぁ、いい……あ、い……きもち、い……っ」

よくてよくて、理性はもうすり切れかけていた。カイの息が上がり、抽挿が速くなる。頂が見えて、ふわっと身体が浮かされる感覚にまた啼いた。

「あーっだめ、きちゃうきちゃう、また……あっ、あ……！」

「――……クッ」

瑤が果てたのとほぼ同時に、短い呻きが聞こえた。身体の奥でカイの脈動を感じ、ああ、今弾けたのだとわかる。

「――っ、……あ」

軽く呼吸を整えてから、カイが腰を引いた。引き抜かれた雄がぶるんと揺れる。ゴムを外してもまだ、腹に反り返るほどの硬度を保っていた。

先端がてらてらと濡れて光る怒張が、瑤の目に飛び込んでくる。

「っ……」

弛緩した手足に力を入れて起き上がり、カイの下腹部にそっと手を伸ばした。

……ほの温かくて、硬い。張り出した笠も太い茎も、くらくらするほど立派だった。触れているだけで、後ろの窄まりがじん……と疼いてしまう。

――ほしい……もう一度、これが……。

理性は本能にねじ伏せられたあとで、羞恥心はもう欠片も残っていない。

瑤はカイに背を向けて膝立ちになり、尻を持ち上げるように見せつけた。

ほどけた蕾からじゅわりと染み出した淫液が、双丘のあわいを伝ってぽたぽたと流れ落ちる。

それは涙のようにも、涎のようにも思えた。

「挿れて……ください。もう一度」

「瑤……」

「お願い……もう、熱くて……我慢、できなっ……」

「──ああ、俺もだ……」

飢えた声が耳を打ち、鼓膜でさえも感じてしまう。

背後で小さく袋を破く音が聞こえ、さして間を置かずに腰を摑まれた。すでに柔らかくほぐれていた蕾に、一気に剛直が突き立てられる。

「あっ……あーっ……」

瑤は高く上げた尻を押しつけるように動かし、必死になって迎え入れようとしていた。快感を待つのではなく取りにいけと、本能が信号を出して腰を振らせる。

「っ……瑤……、クッ、は……」

「あぁ、あっ……いい、あっ」

奥までずっぷりと挿された状態で動かれ、歓喜の声が止まらない。一度目のつながりでは、カイが手心を加えていたとはっきりわかった。腰を送る速度も、強さも、さっきとは全然違う。

これが発情。常識も遠慮も羞恥心もかなぐり捨てて、互いを求めあう交合。

身体も心も、すべてを明け渡せるアルファがいるというのは、なんて幸せなのだろう。

「ひぅっ……あ、あっん」

背中から回ってきた手に、胸先をこりこりと摘まれた。猥りな責め苦に喘がされると、雄をきゅうっと食い締めてしまう。そのたびにカイの色めいたため息が聞こえ、ひとつになっているることを実感した。

吸いつく肌も、流れる汗も、ほんの小さな吐息でさえも、カイのすべてが愛おしい。

「や……あ、んんっ、あ……あっ！」

「――っ、瑤っ……！」

とびきり強い絶頂感のあとで、瑤を挿し貫いた欲望が爆ぜた。

タンクの中身を出しきるように腰を打ちつけられるのは、追い打ちをかけられているみたいで、苦しいくらいに気持ちいい。

「はあ、あ……」

ずるりと雄を抜かれて、シーツに倒れ込んだ。

頭はまだぼんやりしていたが、潮が引くように熱も引き、穏やかな感情が戻ってくる。

「瑤……」

カイの目からも焔は消えていた。蜜の滴るような甘い声で名前を呼びながら、小さなキスの雨を降らせてくる。

抱きあうと汗ばんだ肌がしっとりと吸いつき、愛情が浸透していくような心地がした。こうしてひとつになっているのがいちばん自然で、離れているのがおかしいような気がしてくる。

「俺たちは……ひとつだ。君を抱いて、それがわかった」

カイの言葉にこくんとうなずく。同じ想いを抱いていたことが、このうえなく嬉しかった。

「いつか番になろう」

今はまだ、そのときではないが——と言い足した誠実さに胸を打たれる。自分たちはどちらも、道半ばにいるから。

これから互いの日指す道を、手をつないで歩いていく。いつか、真に結ばれる日を夢見て。

「はい。絶対に……」

どちらからともなく目を閉じ、触れるだけのキスをする。

未来を誓う口づけは、しっとりと甘かった。

すっかり秋も深まりつつある、とある土曜日。

仕事も休みだというのに、カイはスーツを着て若葉家にやってきた。

「私服でもよかったんじゃないですか……？」

「いや。こういうときは正装だ」

万が一にも失礼がないように、とカイが気合いを入れるのもわかる。今日は瑶と正式な交際を開始するにあたり、若葉家の兄弟たちに挨拶をしにきたのだ。

「——おう。来たな」

玄関先で出迎えてくれたのは、善である。普段こういう役目を務めるのは歩なのだが、なにしろ今日の長兄はラスボスだ。ここで出るにはまだ早い。

「こんにちは、若葉さん。夏以来、ご無沙汰しています」

「おお。まあ、入ってくれ」

――すごい。善兄が大人の対応してる……。

にこやかな笑顔を見せるわけでもなく、言葉数も少ないが、サマーキャンプのときのようにバチバチと火花を散らしてはこない。

敵意剝き出しの出迎えも覚悟していたので、安心すると同時に肩透かしを食らった気分でもあった。ソノプロ入りを後押ししてくれて以来、善はちょっとずつ変わっている気がする。

中に入ると、すでに歩と丞が待っていた。いや、「待ち構えていた」と表現したほうが適切かもしれない。

丞はじっ……と不審者でも見るような目つきでカイを見ていた。善に「おい」と窘められ、細長い身体を二つに折って「こんにちは」と挨拶をする。どうやら事前にしっかり指導されたらしい。歩は――。

「いらっしゃい、カイさん。お待ちしてましたよ」

と、淡く上品な笑みを浮かべた。

――あ。怖い……。

そう反射で思ってしまったのは、経験則によるものだ。もっとずっと幼い頃、悪さをした瑤や丞の事情聴取をするときも、これと同じ顔をしていた。

「こんにちは、若菜専務。今日は貴重なお休みにお邪魔して、申し訳ありません」

「いえ。こちらこそ、わざわざご足労ありがとうございます」

表面上は平和なやりとりなのがまた恐ろしい。

カイは兄弟の好みに合わせて三種類用意した手土産を渡し、上座を勧められても「今日はご挨拶に伺ったので」と固辞して下座に座った。藤咲あたりに助言を仰いだのだろうか、入念に予習した形跡が感じられる。

人数分のコーヒーを並べ終えて席につくと、世間話もそこそこにカイが本題を切り出した。

「今日は瑶さんとの交際について、お許しをいただきたくお伺いしました」

善の眉がぴくりと動き、丞の顔はふたたび強張る。

そこで、笑みを湛えていた歩もすっ……と真顔になった。あまりに極端な変わりように、瑶の背筋が冷たくなる。

だが、カイは怯むことも動じることもなく、姿勢を正して兄弟たちに向き合った。

「瑶さんは私にとってかけがえのない人です。サマーキャンプの頃はただ、進路に関して手助けができればという気持ちでいました。しかし彼なしではもはや、私の人生は成立しません」

よく言えば生真面目。悪く言えば、愛想がない。カイの話し方は相変わらずだった。けれど指摘すれば「真剣な話の最中に笑えない」と返されるだろう。いつか交わした会話のように。

でも今はその言葉のすべてに、愛が宿っていると知っている。

「瑤さんのこれまでも、これからも、大切にすると約束します。どうか、おつきあいを認めていただけないでしょうか」

カイはあらためて「お願いします」と頭を下げた。瑤も一緒に「お願いです」と続ける。

善と丞の二人はすでに、毒気を抜かれている感じがした。ラスボスはどうだ――とどきどきしながら歩の表情を窺うと、まだ一人だけ険しい表情のままである。

「――失礼を承知でお尋ねしますね」

と歩はカイに断り、かねて問題視していた点を問い質す。

「この交際。英国のご実家は反対するのでは？」

「実家に口出しさせるつもりはありません」

カイは一瞬の躊躇もなく答えた。

「実家には未練もありませんし、事業としての家業にも興味はありません。アンブローズ家は兄と親類が守っていくでしょうし、衰退するならそれまでの家という話です」

惜しむ気持ちを微塵も感じさせない、毅然とした態度と言葉選びだった。

「アンブローズ・マーケットの事業を手伝うよう言われても、断ると？　家督はご長男が継承されるようですが、事業のための縁談を持ちかけられる可能性は、なきにしもあらずでは？」

――えっ。そんなことってある……？

歩の質問にぎょっとした。カイが実家から政略結婚を命じられるのでは、と案じているのだ。

瑤は途端にハラハラしたが、カイは顔色ひとつ変えずに答えた。

「たとえそのような話があっても断ります。口だけでは信じてもらうのは難しいでしょうが、私の決意表明を聞いていただけますか？」

歩が「ええ、お願いします」と促し、カイは口を開いた。

「もし皆さんのお許しがいただければ、私は若葉家への婿入りを希望しています」

「「……えっ！」」

歩を除く若葉家の兄弟は、声を揃えて驚いた。だがカイ本人は「ゆくゆくは番となる前提の真剣交際ですから」と、真顔である。

番となるという部分はともかく、「婿入り」というワードは強烈だ。カイはアンブローズの名を捨てるつもりなのだろうか。

――いいんですか？　そんなこと言って……。

目顔で尋ねた瑤にカイは小さくうなずいてみせ、ふたたび歩たちを見た。

「私の実家は皆さんのご家庭と違って円満ではなかったので、結婚願望も番願望も、まったくありませんでした。ですが瑤さんと……運命と呼べる相手に出会ってからは、その考えは変化しています。この人と唯一無二の絆を結びたい、と」

だから家名は必要ないのだと、カイははっきりと言い切った。

歩は満足したようで、その口元に微笑が浮かぶ。

……が。

「ま、ま、待て。その運命っていうのは……〈運命の番〉のことか？」

そこで狼狽し始めたのが善である。

カイは「ええ、そうです」とちょっと誇らしげに答え、瑤とのなれそめを語った。もちろん十三年前の『風花物語』観劇のくだりからだ。

舞台上で輝く瑤に魅了され、勇気をもらったこと。自分が早期覚醒させたことは承知の上で、一生を共にしたいと考えていること。

すべてを聞き終えた兄弟たちは、それぞれ納得した表情に見えた。運命の番という絆に対し、彼らもアルファとして特別な思いがあるのだろう。

二人の間には誰も割って入れない、ということもはっきりわかったはずだ。

「――では。覚悟を決めてくださった、ということですね？」

「はい。その節は不甲斐ない対応をいたしまして、申し訳ありませんでした」

歩が訊き、カイが深々とお辞儀する。

その節って、どの節……？　と首を傾げたのち、瑤は「あっ」と声を上げた。

「そういえば……歩兄に言われたんですよね？　オレとのこと……」

「ああ。『覚悟が決まったら、弟を迎えにきてください』とな」

――……うん？

その台詞は、瑶の記憶にあるものと微妙に違う。

歩を見ると、珍しく視線を外された。まるで「バレたか」とでも言うような顔つきで。

話したくなさそうな長兄に代わり、説明を引き受けたのはカイである。

「若葉専務はまず最初に、早期覚醒オメガを取り巻く問題について教えてくれたんだ」

早期覚醒オメガは、普通のオメガと違う。幼少期の発熱体質が改善し丈夫になっても、大人になれば「感情の変化によってヒートを起こしやすい」という問題がつきまとう。

さらに、既存の抑制剤が効きにくいという報告もあった。だが早期覚醒の事例自体が少ないため、創薬研究が進む見込みは極めて薄い。

弟には明らかなディスアドバンテージがある。それでも、芸能界復帰を夢見ている。それが兄として心配なのだと、歩はカイに吐露したらしい。

「……たしかに、歩兄には反対されました」

「反対？　いや。『あの子は諦めないと思うから、反対するだけ無駄ですけどね』と、専務は私に言ったが。だからこそ心配だと」

「歩兄が……？」

それはまるで歩が、瑶の挑戦を容認しているように聞こえる。なんで？　という思いで歩を見やると、今度は瑶の目を見て言った。

「おまえは昔から、一度決めたことはやり遂げる。多少失敗したところで、負けたりしない。

だろう？」

　思いがけない評価にたじろいで、ちらりと善を見る。だがこちらも異論はなさそうで、またしても瑶は驚いた。

「……でも、心配は心配なんだ。どんなに強い人間だって、傷つかないわけじゃない」

「強いって……誰が？」

「おまえに決まってるだろう」

「――――」

　びっくりして瞬きも忘れた。自分はずっと守られてきた立場であり、それは「弱い」と認識されているからだと、信じて疑わなかったのだ。

　なのに歩は「自覚がないのか」と苦笑している。

「俺はおまえの強さを尊敬してる。でも、それと弟を心配する気持ちは、同時に存在するんだ。それだけはわかってほしい」

「うん……」

　疑う余地は微塵もなかった。なのに自分は一人で拗ねて、ひどい言葉を投げつけた。

　ごめんと謝れば、「謝らなくていい」と笑う。「箱から出したくないのも本心だからね」と、冗談めかして言いながら。

「おまえを支えてくれる人でなければ、認めるつもりは毛頭なかった。カイさんにもはっきりそう言ったよ」

　歩の言葉を受けて、カイが続ける。

「私は最初、即答できなかった。君を早期覚醒させた自分を、どうしても許せなかったんだ。だが今は違う。私の人生は、君がくれた人生だ。だから私も、生涯かけて君を守ると決めた」

「……生涯？」

「ああ、そうだ。一生だ」

「……病めるときも？」

「健やかなるときも。喜びのときも、悲しみのときも……」

　そこまで言ってカイが笑った。

「参ったな。今すぐ神に誓って、君を攫いたくなる」

「カイさん……」

　ヘーゼルの瞳が放つ熱視線に心を焦がす。いつものように目を閉じ、ねだるように顎を少し上げた。口づけの間合いに入った気配を感じてそのまま――、

　ゴホン、ゴホン！

　と、強めの咳払いでぱっと目を開けた。

「あ……」

「そういうことは、二人のときに。場合によっては出禁だよ？」

「……ごめんなさい」

般若の面影をちらつかせて微笑む歩。こめかみに青筋を立てる善。打ちひしがれた目つきの丞。三者三様の愛情は、重たいけれど愛おしい。

『もし皆さんのお許しがいただければ、私は若葉家への婿入りを希望しています』――カイはそう言った。もしかしていつか、皆でひとつの家族になる、なんて日が来るのだろうか。

そんな日々は想像しただけで楽しく、胸が熱くなるくらいに幸せだった。

挨拶を終えると、すでに外は日が暮れ始めていた。

「パーキングまで送りますね」

と、瑤もスニーカーを履いて家を出る。

「今日は本当にお疲れさまでした」

「ああ。……最後にやらかしてしまったような気がするが……」

「大丈夫ですよ。フォローしときますから」

「頼む。出禁は困る」

「そうですね」

夕暮れの道を二人で並んで歩く。頬を撫でていく風はうっすらと冷たかったが、心は達成感でほくほくしていた。

　カイの車の前まで来たところで、瑤のスマホが電話の着信を告げる。

「……藤咲さんだ」

　土日の連絡は珍しい。カイに「出たほうがいい」と促され、通話ボタンをタップする。

「お疲れさまです。若葉です。……はい、大丈夫です。……はい。…………えっ？」

　その報告を受けたとき、瑤は自分の耳を疑った。まさか、なんで、どうしてと、ひたすらに戸惑う。

『――受かったよ！』

　藤咲の電話は、先日受けた連ドラオーディションの合格を知らせるものだったのだ。

『いや～、おめでとう若葉くん！　ほんとによく頑張ったね』

「あ、ありがとうございます。でも、絶対落ちたと思ったのに……」

『カメラテストの評判がねぇ、もうすごくよかったみたい。最上くんとの掛け合いで、印象がガラッと変わったんだって』

「あ、でも凌平のお母さん……何か言ってませんか？」

『ん？　ああ、あのモンスターマネージャーなら、最上くんの担当外されたらしいよ』

「えっ⁉」

　若葉くんが気にするかもと思って、いろいろ聞いたんだけど……と言いながら、藤咲は先方の内情を教えてくれた。

『もともと現場からも評判の悪い人で、今回のことで息子からも見限られたって話。あのね、最上くんも制作サイドから【誰がやりやすかった？】って訊かれて、若葉くんを推してくれたんだって』

「凌平が……？」

『うん。それでお母さんと意見が衝突したみたい。最上くん側も長年独り立ちしたがってたのに、母親は認めないし、事務所も実績出されてるから了承できないし……って感じでずるずるここまで来たけど、さすがにもう限界だったんだろうね』

だから若葉くんは気にしなくていいよ、と藤咲は言う。

自分がきっかけとなったようで複雑だったが、遅かれ早かれこうなったと言われたら、それ以上嘴を容れるのもおかしな話だった。

『ま、今日はこんなところかな。週明け、さっそく打ち合わせしようか』

「はい！　よろしくお願いします……！」

それから打ち合わせの時間を決めて電話を切った。興奮冷めやらぬ状態のままぼーっとしてしまい、「瑤？」とカイに名前を呼ばれてやっと我に返る。

「大丈夫か？」

「は、はい。あの……オーディション、受かったって聞いて、びっくりして……」

「――！　すごいじゃないか！」

「絶対落ちたって思ってたんですけど……」

「瑤……おめでとう！」

カイはまだ惚（ほう）けている瑤の手を取り、力強く握（にぎ）ってもう一回「おめでとう」と言ってくれた。

握られた手が温まるにつれて、実感が追いついてくる。

「ここからだな。ようやくだ」

一度は手放そうとして、結局諦められなかった夢。それを今、この手に摑（つか）もうとしている。

――大切な人とつないだこの手で。

顔を上げてカイを見る。その目に見つめられると胸が熱く高鳴り、なんでもできる気がした。

発熱でも発情でもない。

この心臓を動かしているのは、運命の恋（こい）だ。

あとがき

こんにちは、またははじめまして。市川紗弓と申します。このたびは『若葉さん家の箱入りオメガ』をお手にとっていただき、どうもありがとうございました。

今回は現代オメガバースです。これまで架空の世界が舞台のファンタジーが多かったので、楽しんでいただけるかな……？　とちょっと緊張しています。

以前から現代オメガバースをやりたいと思いつつもアイデアがまとめられずにいたのですが、「メンズ版・若草物語的な四兄弟を書きたい……！」というもうひとつやってみたかったネタがはまってくれて、このようなお話と相成りました。

兄弟は全員ブラコンです。昔からブラコンキャラが大好きなのです。ベタ、お約束を承知で、好きなことを詰め込みました。せっかくのブラコンチャンスですからね。

受けの瑶「も」というのがポイントで、特に弟の丞を猫可愛がりしています。年下に対して面倒見のよいところや、寂しそうな人を放っておけない性格は、このあたりから造形しました。

攻めのカイは「兄弟たちのお眼鏡に適うのはどんな男だろう？」というところからスタートしたキャラです。

民間で働く攻めを書くこと自体が久々というのもあってかなり難航したのですが、担当さまのご助言を経て、無愛想でいけすかない奴になってからは、とても動かしやすくなりました（笑）。

サブキャラの中では、凌平親子もお気に入りです。悪い人、大好きなんですよ。

凌平は母親と違っていい奴ですが、カイの立場からするとちょっと複雑な気持ちになるかもしれません。自分は「さん」づけなのに、呼び捨てにされているし……。

カイにはぜひやきもきしてほしいですね。瑤は悪気なく「特別」とか言っちゃいそうですが（硝太あたりに対しても）。嫉妬する攻めはいいものです……。

イラストを担当してくださったのは、麻々原絵里依先生です。

キャララフ、カバーラフの段階でもうときめきまくりでした。キャラクターの姿形だけではなく、内面や関係性まで描き出してくださり、それがとてもきゅんとするのです。

照れ顔の可愛すぎる瑤。匂い立つ気品のカイ。それぞれに瑤を思う、若葉家の兄弟たち……。

ラフを拝見したときの感動と感謝は、とても言葉では言い尽くせません。

麻々原先生、ご多忙の中引き受けてくださって、本当にありがとうございました。

今回、改稿でかなり大幅な変更を加えたこともあり、担当さまには多大なるご迷惑をおかけしたことと思います……！　的確な軌道修正をしていただき、ありがとうございました。

そしてここまで読んでくださった皆(みな)さまへ、本当にどうもありがとうございました。小説を書いて本を出していただけるのも、ひとえに皆さまが読んでくださるおかげです。

普段(ふだん)のファンタジーとは毛色が違いますが、少しでも楽しんでいただけたら幸いです。

暑さも本格化する頃(ころ)に発売でしょうか。

どうか体調にはお気をつけてお過ごしくださいね。

二〇二四年　五月　　市川紗弓

若葉(わかば)さん家(ち)の箱入(はこい)りオメガ

市川紗弓(いちかわさゆみ)

角川ルビー文庫　24226

2024年7月1日　初版発行

発行者――山下直久
発　行――株式会社KADOKAWA
〒102-8177　東京都千代田区富士見2-13-3
電話 0570-002-301（ナビダイヤル）
印刷所――株式会社暁印刷
製本所――本間製本株式会社
装幀者――鈴木洋介

●お問い合わせ
https://www.kadokawa.co.jp/（「お問い合わせ」へお進みください）
※内容によっては、お答えできない場合があります。
※サポートは日本国内のみとさせていただきます。
※Japanese text only

ISBN978-4-04-115082-5　C0193　定価はカバーに表示してあります。

◇◇◇

KADOKAWA RUBY BUNKO

角川ルビー文庫

いつも「ルビー文庫」を
ご愛読いただきありがとうございます。
今回の作品はいかがでしたか?
ぜひ、ご感想をお寄せください。

〈ファンレターのあて先〉

〒102-8177 東京都千代田区富士見 2-13-3
株式会社KADOKAWA
ルビー文庫編集部気付
「市川紗弓先生」係

片羽の妖精の愛され婚
Novel
市川紗弓
イラスト／街子マドカ
愛妻家な英雄公爵×片羽の妖精花嫁。
愛を知らない花嫁は蜜愛に溺れる――。
きみを想うと
愛おしさで胸が痛い。
もっともっと
きみに触れたい。
妖精郷を囲む大森林を救った礼として公爵へ差し出された妖精のリゼル。片羽だから厄介払いされたのだと落胆するが、公爵は大切な伴侶として自分を溺愛してくれる。リゼルは笑顔とともに妖精の力を開花し始めるが…？
ルビー文庫

竜人皇帝の
溺愛花嫁
恋を知らない竜人皇帝×
希少種の孤独な青年
湘さまを救いたい。だから、
オレの命を捧げます――。
Novel
市川紗弓
イラスト／古澤エノ
身寄りのない病弱な子供の治療費の為、
蒼霖は希少な「鱗」を生み出せる
力を使って密売に関わり、
取り締まりに突入した警吏に助けられる。
彼は身分を隠した若き皇帝で、
蒼霖を匿うため後宮で働くよう
提案してきて…?
ルビー文庫

極道さんはパパで愛妻家
俺様極道×堅実な
青年の子育ては、波乱万丈!?
「ついに俺達の子供ができたぞ！」付き合った覚えもない幼馴染の極道・賢吾からの爆弾発言。けれどそこにはやむを得ぬ事情があって、佐知は極道の妻として（!?）賢吾と子育て同居をすることに！
誰にも文句なんか
言わせねえから、
安心して嫁に来い。
佐倉 温
イラスト／桜城やや